Wann en Kölle de Chress - Stäne blöhe

Akademie för uns kölsche Sproch

Wann en Kölle de Chress-Stäne blöhe

Paula Hiertz

J.P. BACHEM VERLAG

Die Rechtschreibung im vorliegenden Buch folgt nicht dem von der **Akademie för uns kölsche Sproch** herausgegebenen Werk **"Kölsche Schreibregeln - Vorschläge für eine Rechtschreibung des Kölschen".**

Die mit * gekennzeichneten Texte sind in der Kölnischen Rundschau in der Rubrik "Uns Kölsch Verzällche" veröffentlicht worden.

Die Deutsche Bibliothek - CIP-Einheitsaufnahme

Ein Titeldatensatz für diese Publikation ist
bei Der Deutschen Bibliothek erhältlich.

Wann en Kölle de Chress-Stäne blöhe
Paula Hiertz

1. Auflage 2002

Einbandgestaltung: Heike Unger, Berlin
Reproduktionen: Reprowerkstatt Wargalla, Köln
Druck: Druckerei J.P. Bachem GmbH & Co. KG, Köln
Printed in Germany
3-7616-1665-1

www.bachem-verlag.de

Wat steit wo?

Chressdag em September?
Ich jläuv, mich tritt e Päd * 7
Hadder de Jeschenke allt enjepack? * 9
Juchhei, der ehschte Schnei 11
Adventszick kütt!
Wievill Hellije ha'mer noch? * 12
Der Zint Bärb-Wunschkaaste 14
De kölsche Klocke 18
Ov et Chresskindche unse Wunschzeddel kräje hät? 21
E Märche vun de Märcher 23
Ovends, wann ich schlofe jon 27
En der Chressdagsbäckerei * 28
De Nut brängk jot Jedanke * 30
Wegeleed 32
Der Hellijeovend es do!
Maat un Stroße 34
Iesblome op de Rutte 35
Hellijeovend om Thürmcheswall 37
Dräum dich zeröck en ding Kinderzick 40
Chressdagsüvverraschunge 43
Der Chressbaum es der schönste Baum 48
Verjess mer nor nit et Engelshoor * 50
De Hötte 53
Naakswäächter, Amerau! 55
Do leeve hell'je fromme Chress 57
Et es bal esu wick! 58
Et weed jo allt düster 60
Et es vollbraat! 62
Am ehschte Feerdag
De Chressdagsjans 63
En janz besondere Schukelad * 66
Wann de Stänsinger trecke
De Stänsinger 69

Zwesche de Johre
Ich well och dat jröne han * 72
Nen Chressdagsnohüvverlääch * 74
Fridde op Äde 76
Et Ovendleedche 78
Literatur 79

Vita

Paula Hiertz wurde am 30. März 1931 in Köln in der Hamburgerstraße 15 geboren. Sie ist die dritte von vier Schwestern. Von ihrem fünften bis zu ihrem zwölften Lebensjahr, also die entscheidenden Jahre ihrer Kindheit, wuchs sie im Herzen Kölns in der Fleischmengergasse 26 auf, bis ihre Familie ausgebombt und evakuiert wurde.

Nach dem Krieg folgten die letzten Jugendjahre auf dem Mauritiussteinweg und dann in der Bobstrasse 16, aber immer in Nähe der Fleischmengergasse. Seit ihrer Heirat 1951 wohnte sie vorübergehend in der Südstadt in der Maria-Hilf-Strasse 1, wo auch ihre beiden Söhne geboren wurden.

Paula Hiertz zog es dann 1957 mit ihrer Familie wieder in ihr altes Wohnviertel, jetzt Großer Griechenmarkt 135, bis sie schließlich 1969 entgültig in ein Eigenheim, jetzt in den Ostteil der Stadt, "Op der Schäl Sick" nach Köln-Neubrück, in die Reinhold-Schneider-Straße 4 zog.

Sie ist Autorin, Komponistin, Regisseurin, Texterin, Dirigentin, Musikreferentin beim Elternbildungswerk Köln-Neubrück und seit 1992 freie Mitarbeiterin bei der "Kölnischen Rundschau" in der Sparte "Uns kölsch Verzäll-che". Sie erarbeitete sich alles - ausser dem Musikstudium an der Rheinischen Musikschule in Köln - autodidaktisch.

Chressdag em September?

Ich jläuv, mich tritt e Päd *

För jewöhnlich kenne mer noh unsem Kalender nor de veer Johreszigge. Dat jilt ävver nit för Kölle, dann bei uns jitt et noch de fünfte, de Fastelovendszick. Un wä die nit wohr han well, dat es ene Möffes. Doch met denne fünf Johreszigge allein es et noch nit jedon, dann zickdäm de Lück jenoch Jrosche en ehrem Jroschebüggel han ov sich bei der Sparkass lihne künne, jitt et och noch de sechste, de leevste Zick vun de Dütsche, de Orlaubszick. Nit jenoch domet, dann mer kennen allemolde noch en siebente, op die ich ävver noch ens zeröckkumme mööch.

Wann de jroße Ferie ze Engk sin, dann jeit de Reiserei met dänne Hatdressije bes Rentner los. Met Hatdressije sin die Lück jemeint, die nie veezich Johr wäde welle. Wann mer die noh ehrem Alder fröch, dann sin die luuter Engks dresssich. No han die ehr Pänz jo mehschdendeils allt en enem "Kooperazijunsalder" un künne dämnoh noh de jroße Ferie, för e paar Märkelcher billijer verreise. Woröm "Kooperazijunsalder?" Die Eldere sin fruh, dat se ens allein fahre künne, un die meddlerwiel allt en bessje Eranjewaaßene sin fruh, dat se ens zwei Woche allein blieve künne. Un domet es jedem jeholfe.

He wore noh üvver Naach de Birkenschenkels us dem Spanien-Urlaub zeröckjekumme. De Eldere frauten sich, dat en där Zick derheim alles esu jot jelaufe wor, un dat de Jroße met denne Kleinere, däm Klös vun sibbe un dem Mechelche vun fünf Johr, paratjekumme sin.

Ov de Mamm no de Flejerei nit verdrage hatt, odder ehr dat dröve Wedder he nit bekom, dat woss sei nit. Et wor ehr dutschlääch. Der Klös reef jotmödich: "Mamm, meer künnen för dich enkaufe jon. Die Jroße han uns jedesmol metjenomme. Meer wesse, wo alles en de Rejale steit." Nujo, daach de Mamm, die paar Deil wäden se wal besorje künne. Dann saat sei: "Klös, schriev et deer selver op, dann kanns do dat och lese." Un hä schrevv op: e Brut, en halv Pund Botter, Klatschkies un ene Kopp Schlot. Dann trok hä stolz me'm Mechelche av.

Die Pöschjer blevve vill ze lang fott un de Mamm maat sich allt Sorje. Op die Froch, woröm dat esu lang jedort hät saat der Klös: "Dat sin de Kääze schold!" - "Wat för en Kääze?" - "Ehr mütt ävver lang en Spanien jewäse sin", saat der Klös wigger, "en däm Jeschäff es allt Advent." - "Eja, un mer han uns jedaach", reef et Mechelche dozwesche, "weil do doch krank bes..." De Mamm nohm dem Klös flöck de Enkaufstäsch av, un do kräch sei doch bal de Bejovung un reef: "Ich jläuv, mich tritt e Päd!" Zom Vörsching kom ene Chress-Stolle, Schukeladeprinte un Marzepanädäppelcher. "Weil do doch krank bes", fing et Mechelche noch ens an, "bruchs do hück ens kein Botteramme ze schmerre. Un esu jet esse mer jo och vill leever." - "Un wann mer de Kääze jefunge hätte, dann wör hück bestemmp allt Chressdag", jov der Klös noch eine drop.

Ich meine, wann em September allt de Chress-Stolle un der janze Pläzjeskrom för de Feerdäg ze han sin, dann kann he räuhich vun ener siebente, der "Puute-Chressdagsfreud-Verdervszick" jeschwad wäde. - Ärm Pänz!

Hadder de Jeschenke allt enjepack? *

Jetz sin mer en der "Puute-Chressdagsfreud-Verdervs-zick". Dat mer Engks September allt dat janze Chressdags-zuckerjots kaufe kann, es schon öftersch durchjekäut woode. Ävver wat es met de Jeschenke? Et es jo nit nor, dat mer öm die Zick allt der fädije Chressdagsbrode enfreere künnt, nä, als selvsbewosste Schenker hät mer öm die Zick och allt de Jeschenke enjepack un opjereiht em Schaaf lijje. Ävver müjj-jelichs en su enem Schaaf, wo mer öftersch dran muss un die Päckelcher süht. Wäden se op ener ander unjewennte Plaaz verstoche, wo mer kaum hin kütt, dann wör et anjerode sich die Plaaz opzeschrieve un dä Zeddel noch met enem Stechwoot ze versinn. Domet künnen die andere, wann se dä Zeddel finge, nit tireck noh de Jeschenke muuse jon. Nor darf mer dat Stechwoot nit verjesse, söns lort mer am Hellijeovend janz schön domm durch dat decke Rühr.

Ehr meint, dat hädden et noch nit jejovve? Dat es alles allt do jewäse!

Wann mer en de Jeschäfte et ehschte "Stille Nacht, hei-lije Nacht" hört un de ehschte Chressdagslämpcher en der Schelderjass un op der Huhstroß an ze strohle fange, dann sollt die Arbeit lang jedon sin. Donoh kann mer en aller Rauh durch de Jeschäfte un üvver der Weihnachtsmaat bummele, öm för sich selver jet Schönes uszesöke.

Un wie kütt mer öm die Zick allt an de Jeschenke?

Mer hatten doch zehn Mond Zick öm uns dröm ze kömmere wä wat krijje soll. En där Zick loch uußer dem Winter- un Summerschlussverkauf och noch su mänche Schnäppchesmaat. Un wä kein Fellcher op de Auge hatt, dä hät jewess för jederein dat Passende jefunge. Woröm soll der Ühm kein Bermuda-Shorts för singe nöhkste Orlaub ungerm Chressbaum lijje han? Un woröm soll de Jroß kei neu

Windspill för der Jade krijje? Der Wind blös och em Winter durch der Jade.

Dann wör do noch die Saach met dem Jeschenkpapeer. - Dä ein ov ander pack de Jeschenke, die hä selver kritt, vörseechtich us, domet dat Papeer nit kapott jeit un domet hä et widder selver för enzepacke nemme kann. Et bruch jo nit luuter Papeer met bunte Kralle, Stäncher un Dännejröns ze sin. Mer kann och eifach bungktes nemme, dann der jolde odder selvere Namensanhänger brängk dä chressdäglijje Jlanz widder drop.

Ävver he es ene Vörschlaach, dän ich allt öftersch praktezeet han. - Mer bruch kei Papeer ze nemme. Et janze Johr üvver wäde en de Kaufhüser bellije Köchehanddöcher anjebodde. Och beim Usverkauf. För e jrößer sperrich Paket enzepacke, kann mer met jroße Stech e paar Handdöcher zesamme nihe. Dat Jeschenk weed jetz jenau esu en die Handdöcher wie en Papeer enjeweckelt un die Engde met bungte, jroße Nihjan-Krützstech zesamme jeniht; ävver noh Müjjelichkeit met dä Klöre, die en su enem Handdoch vörkumme.

Domet doot ehr jet för de Ömwelt, ehr kritt met däm Dun selver widder en Häd Köchedöcher us örem Schaaf erus, die sich met de Johre anjesammelt han, un - et süht och noch jot us. Woröm solle nit ens en Häd bungte Köchehanddöcher-Päckelcher unger örem Chressbaum lijje?

Juchhei, der ehschte Schnei

Melodie: Karl Marx
Worte: nach dem Original in die Mundart übersetzt: Paula Hiertz

Juchhei, juchhei

Juchhei, juchhei,
juchhei der ehschte Schnei.
En jroße wieße Flocke,
su kom hä üvver Naach
un well uns all fruh locke
rus en de Winterschpraach.

Juchhei, juchhei,
jetz locken les un Schnei.
Der Winter deit nit froge,
ov hä wäm nit jefällt.
Spannt singe wieße Boge
wick üvver Bösch un Feld.

Juchhei, juchhei,
kutt, Minche, Fienche, Dei!
Us Stüvvjer, Jasse, Stroße
flöck op et blanke Ies.
Met Schlettschohn drüvver rose,
noh ahler fruher Wies.

Adventszick kütt!

Wievill Hellije ha'mer noch? *

Der Monat Dezember, der letzte em Johr, brängk uns met en Häd besondere Hellije zesamme. Un do sin e paar dobei, die uns Puutezick ärch versößß han. Wä et noch nit jemerk hät, däm welle mer he Avis jevve, dat mer et em chresslije Kölle - wo och esu mänche Rude en singem Hätz schwatz es - ärch met de Hellije han. Dat es och jot esu, dann em Nutfall ka'mer jo eine dovun anrofe; un wann dat nix notz, die Schold eifach op su enen Hellije däue. Et jidder doch jenoch dovun.

Wann Zint Bärb vörbei es, dann schrömp zwei Däg später Zinter Klos me'm Hans Muff, met Sack un Rot durch de Stroße.

Meer stallten als Puute för et Zint Bärb de blank jeputzte Schohn hin. Am andere Morje loch dann der ehschte selver jebackene Spikulazius dren, wobei mer metjeholfe hatte. Dat Methelfe wor, dat mer alle veer beim Zolore met de Köpp üvver en jroße wieß-emalleete Kump hinge. Un jeder durf jet met dobei dun. Einer schott e Fläschelche Aroma eren, ne ander e Blösje Vanillezucker un esu wigger. Un weil mer allemolde ze vill Kamasche vör dem Zinter Klos, vun wäje "Bravsinn" hatte - dat wor besondersch för mich su e Kapitelche - braat hä uns üvver Naach ene Teller Leckersch. Dat wor der Vörjeschmack op de Weihnachtstellere. Die han ävver en där schläächte Zick selde der dretten Dag erläv. Un mehschtens han die Herrlichkeite uns och widder am zweite Chressdag om selve Wääch "Adschüss" jesaat, wo mer se vill ze flöck erenjedaut hatte.

Eimol kom doch der Zinter Klos am Niklosovend bei uns erop un zickdäm hatt ich kein Kamasche mih för im. Wiesu? Wie hä üvver der Flur bei uns en de Köch erenklabasterten, do han ich et ehsch, met vör Opräjung knallrudem Jeseech op de Äd jelort. Un dann han ich uns Jretche en de Rebbe jestupp un laut jesaat: "Och, Jretche lor ens, dä Nikelaus hät deselve Schohn an wie der Meier vun der Läuv." Dat hatt dä jehoot un ene janz verschreckte Hos kräje. Do reef uns Jretche laut: "Hör, dä hos jo och jenau esu wie der Meier vun der Läuv!"

Bes Chressdag wies uns der Kalender noch op su männche Hellije, die uns ävver nix bedügge däte. Woröm? Die braaten uns doch nix. Blos der Tommes, der "Unjläubije Thomas", dä saat uns jet, nämlich dann, wann mer nit dran jläuve kunnte, dat et Chresskind durch de Luff fleje dät. Un dat wood nie vun de Bombe jetroffe?

No han ich et letz jelese, dat der Hellije Vatter en Rom dreihundert Hellije jestreche hät. Dat jitt einem doch ze denke. Et ehsch dort et zich Johre, bes dat se ehren Hellijesching zojesproche krijje, un dann weed im Vatikan en Hellijereform usjerofe un en einem Opwäsch tireck widder dreihundert Hellijesching enkasseet. Woröm eijentlich? Ich jläuv, dat die Saach esu jelaufen es: De himmlische Jewerkschaff hät sich beim Petrus dodrüvver beschwäät, dat se vör luuter Hellije op de Wolke nit mih jrad tredde künnte. Un do se em Vatikan och kein Jrosche mih üvverich han, för neu Wolke enfleje ze loße, hät der Hellije Vatter die Lüsung jefunge. Ov dat esu sing Richtichkeit hät?

Wä et bes jetz versümp hät Barbarazwijje en de Vas ze stelle, domet se Chressdag blöhe, dä kann dat noch nohhollle un dobei nohhelfe. Womet? Villeich hät dä ein ov ander noch e paar avjelaufe Koppingstablette eröm lijje. Zwei dovun ka'mer met en bessje Zucker en en jroße, met Zwijje jeföllte Vas dun. Wat meinder wal, wie schön die verjesse Barbarazwijje am Hellijeovend blöhe. Un wann Zint Bärb singen Hellijesching behalde durf, dann weed et sich üvver die Zwijje janz besondersch freue.

Der Zint Bärb-Wunschkaaste

Met de Wünsch- un Schenkerei es dat su en Saach. Klein Lück han klein Wünsch un met jedem Johr wat se op ehrem junge Levvenskalender avhoke, wäden de Wünsch och mih. Et jitt Wünsch, die luuter nor Dräum blieve, weil einem doför Jrenzpöhl jesatz wäde. En de Nutzigge, jo, do sin de Lück och met klein Wünsch zefredde. Off jenoch jenüch do allt ene wärm jestochte Krufferen odder och, wann ene Malätzlije ens ein Naach durchschlofe kann.

Em vörrije Johrhundert odder och Johrdausend - su künne mer jo jetz allt sage - krächten de Weechter ehr Usstör zesammejeschenk. Dat fing mehschtens allt bei der

Kummelijon met e paar Handdöcher an. Bei dänne allt jet Jesalvtere woren et de ehschte selvere Sammelbestecke. Dann jingk et wigger bei de Jeboots-, Namens- un Chressdäg. Wann dann su zweschen achzehn un zwanzich Johr jeheerot wood, kunnten se met ehre Usstör jlänze. Dat es hück passee.

En däm Alder levven allt en janze Häd en ener "sujenannte" Singles-Wonnung un han janz andere Chressdagswünsch.

Et Drück un et Fien, die jrad us dem Kinema kome un noch op e Cola en ehr Stammbistro jingke, trofen do et Bäbb me'm Klör. Mer hatte der 3. Dezember. Nohdäm se sich lauthals met Bützjer noh räächs un links bejröß hatte, saat et Bäbb: "Et Klör un ich kumme jrad us dem Jugendheim; mer han do enen Adventsbasar enjereech". - "Eja", sproch et Klör wigger, "un weil morje Zint Bärb es, ha'mer dä "Barbara-Basar" jenannt; un mer han och enen Wunschzeddel-Kaaste, der "Zint-Bärb-Kaaste" anjebraat." - "Jo, su wie ich üch kenne hadder doch secherlich ör Wunschzeddele als ehschte do erenjeworfe", saat et Drück laachend. "Wann ehr üch wie die klein Puute noch jet ze Chressdag wünsche wellt", üvvernohm jetz et Fien, dä Verzäll, " dann schrievt doch eckersch an et Chresskindche."

"Nä", saat jetz et Bäbb, "ich sinn dä Zint-Bärb-Kaaste su en bessje als Zweschestazijun an. Fröhter han ich, wann ich jet wollt jrad dä erusjesook, dän ich et flöcks anzappe kunnt; un dat wor mehschtens de Mamm odder der Papp. Doch zickdäm ich us der Lihr ben un ming eije Jrosche verdeene, sin die Anzappquelle för mich usjedrüsch. Alsu muss jetz, wann och nor för en koote Zick, et Zint Bärb doför herrhalde. Wat wünscht ehr üch dann?"

Ich ben jrad en ming ehschte "Singles-Wonnung" jetrocke", saat et Fien, "die han ich mer selver jeschenk. Ehr künnt mich jo ens besöke kumme." - "Süht et bei deer, jetz en dinger eije Wonnung, nit jenau esu us, wie en dingem Zemmer bei dinger Eldere, wie bei Hempels unger dem Sofa?", frochten et Drück. "Jo, em Momang ", saat et Fien, "dat es noch vum Ömzoch, ävver wat wellt ehr? Lang jenoch han ich mer derheim anhöre müsse: "Rühm dat fott odder häng dat op." Jetz loßen ich alles lijje, bes dat mich ens de Oprühmloss üvverfällt. Un wann die kütt, dat steiht noch en de Stäne", reef it laachend.

Jetz kom et Drück zom Zoch. "Jo, dat heisch hück och nit mih "Singles-Wonnung", nä, dat es en "Ich-kann-jetz-maache-wat-ich-well-Appartement". Fien, kanns do uns dann nit ens zo enem Wonnungsbelor-Kaffe enlade? Wat för en Wünsch häddens do dann doför?" - "Dat wollt ich suwiesu allt vörbränge. Ich mööch en jroße Silvesterfestivität avhalde, un wat ich mer wünsche? Ene Teppich. Nit vun üch allein, nä, ehr künnt mer jet en ming Teppichkass werfe." - "Ich dun allt jän e paar Märkelcher dobei", saat et Klör, "ävver nor dann, wann do deer keine indische, wo sich de Puute dran krank jearbeit han, käufs." - "Dat soll e Woot sin", frauten sich et Fien. "Un do, Drück, wat wünschs do deer".

"Do ich noch derheim wonne versöken ich et noch ens met dä Anzappquell. Ich mööch ene neue Drohtesel han, mööch noh Portujal en Orlaub fahre, ich mööch der Föhrersching bezahlt krijje, ich mööch ene Breffründ en Havanna han, öm villeich ens för janz ömesöns dohin ze fahre, ich mööch..."

..."för durch de Nas ene Ring ze trecke han", ungerbroch et Bäbb dat Drück. "Meins do nit, dat ding Wünsch e bessjen üvverdrevve sin? Su vill ich weiß, es dinge Vatter nit der Rockefeller." - "Ich han jo nor vun Wünsch jesproche", saat jetz et Drück wigger. "Wat ich am Engk för ene Wunschzeddel en dä Zint Bärb-Kaaste werfe, dat weiß ich jetz noch nit."

"Ävver ich, ich wünsche mer jet, wat eijentlich ja nix koss", saat jetz et Klör."

"Un wat es dat?", reefen die ander drei wie us einem Mungk. "Ich wünsche meer, dat ich noch e paar Jöhrcher schullejon kann." - "Schullejon? Häs do se noch all op der Reih?", frochten no et Bäbb. "Woröm dat dann? Wovun wells do dann en eije Wonnung bezahle künne?" - "Die well ich jo ja nit han", jov et Klör wiggerschte zor Antwoot. "Wann ich us der Schull kumme, kann ich ming Schulltäsch hinschmacke, mich an der jedeckte Desch setze, am Compjuter ming Aufjabe maache, met de Fründe usjon, am Sonndag lang schlofe un esu wigger. Hätz, wat wells do noch mih?"

"Un Klör, wat för enen Wunschzeddel häs do en dä Zint Bärb-Kaaste jeworfe?", frochten et Fien. - Jetz wood et Klör doch en bessje nohdenklich. "Wat för ene Wunschzeddel? - Dä schrieven ich neu, nämlich, dat ming Eldere noch lang jesund blieve solle. Doch dä Wunsch weed vun ener Stell anjenomme, die uns dodrop kein Antwoot jevve kann. Ävver villeich hät et Zint Bärb enen jode Droht dohin." - Un domet wor et op ens müsjesstell an dem Desch jewoode.

De kölsche Klocke

Melodie und Worte: Paula Hiertz

De kölsche Klocke

Dat "Hell'je Kölle"
heesch do en ahler Zick
dat "Dütsche Rom am Rhing"!
Wie litt dat su wick!
Wat jov im dä Name?
Wä däufte dich drop?
He, Lückcher,
meer wessen de Antwoot do drop!
Dä Hell'je zor Ihr woote Kirche jebaut,
un Klüster, Kapellcher dozwesche jedaut.
Doch wä röf zom Jebett –
ens dus ov laut?
De kölsche Klocke!
Bim, bam, bom!

Zint Jan, Zint Andres
un Zint Jirijun,
Zi Pitter lüg rüvver
noh'm Pantaljun.
Dä Kunebät
bimmelt beim Oschel an,
Marezies wör hück
me'm Zillche dran,
dä Mätes ze froge,
wat hä no koss:
dä neue Hahn för der Apostelklotz.
Die Neujeer fung Zinter Vring ja nit fing.
Doch ein üvverstrohlt
se all he am Rhing.
Wat för'n kann dat wal sin?
Wat för'n kann dat wal sin?

Met brusem Ton?
Jo, dat es dä
"Decke Pitter vum Dom"!
Bim, bam!

Apostelklotz	St. Aposteln
Et Zillche	St. Cäzilia
Zint Andrees	St. Andreas
Zint Jan	St. Johann Baptist
Zint Kunebät	St. Kunibert
Zint Mäte	St. Martin
Zint Marezies	St. Mauritius
Zint Oschel	St. Ursula
Zint Pantaljun	St. Pantaleon
Zi Pitter	St. Peter
Zinter Vring	St. Severin

Ov et Chresskindche unse Wunschzeddel kräje hät?

Et Pitterche un der Miebes trofen sich jede Morje för zesamme en de Schull ze jon. Un wä meint Puute hätten nix, wo se sich drüvver usloße künnte, dä kann sich nor wundere. Hück hatten die zwei jet drop, wat nit vun der Hand ze wiese wor: de Chressdagsjeschenke.

Et Pitterche fing an: "Wie minge Papp hück Morje et Kalenderblatt avjereresse hät, do saat hä: "Et Johr flutsch ävver och su flöck vörbei. Vor e paar Woche hadder ehsch de Ädäppelsferie jehatt un jetz ston allt de Chressdagsferie vör der Dör."- "Jo", meinten der Miebes drop, "Chressdag es luuter jot. Mer mööte jede Mond eimol Chressdag han, dann krächte mer och jede Mond jet jeschenk." - "Eja", laachten et Pitterche, "dann mööts do ävver och jede Mond jet schenke."

"Wat soll ich mer dis Johr allt widder wünsche? - Ich jläuven, ich wünsche mer ene neue Schledde"! - "Leev Pitterche, wat nötz deer ene neue Schledde, wann et he kaum schneit." - "Miebes, waat et av. Hück ha' mer der ehschte Dezember. Der Petrus kann et sich jo bes dohin noch 23. Däg üvverläje." - "Loss blos däm ärme Hellije Pitter do bovven sing Rauh, Pitterche. Dä hät zo singer Lävszick Fesch jefange, un do, wo hä die jefangen hät, do hät et nie jeschneit, dat wor em Orient." - "Eja, dat es do, Miebes, wo de Fraulück su enen Plagge vör dem Jeseech hänge han, domet keiner süht, ov se schön odder hässlich sin. Soll et räne, dann heisch et "Petrus hölp!" Soll de Sonn schinge, dann heisch et och "Petrus hölp! Dä muss jo vun dem ville Hot un Hüh allt lantsam der Drihwurm han."

E paar Däg später!

"Pitterche, meins do, dat et Chresskindche unse Wunschzeddel allt jekräjen hät?" "Dat well ich doch schwer hoffe, Miebes. Hör ens, hatt ehr am Hellijeovend odder am ehschte Chressdagsmorje Bescherung?" "Dat es bei uns jedes Johr andersch, Pitterche. Ich jläuven, dat minge Papp Naachdeens hät un doröm es bei uns am ehschte Chressdagsmorje de Bescherung. Weiß do, minge Papp es bei der Feuerwehr." - "Dat weiß ich, Miebes. Em letzte Johr hatt hä och Naachdeens. Do han ich dinge Vatter jesinn, wie hä am lösche wör. Do es bei uns en der Stroß vun enem brennende Chressbaum en janze Wonnung usjebrannt.

Pitterche, ich han meer en Iserbahn us Iser jewünsch. Die mööch ich han!" - "Wünsch deer doch ein us Holz!" - "Enä, Pitterche, ein us Iser!" - "Do bes ävver domm, Miebes, wann en Iserbahn us Iser keine Damp mih hät, dann muss do se ston loße. Häs do ävver ein us Holz, dann kanns do se noch als Bötche schwemme loße!"

E Märche vun de Märcher

En Famillich es ehsch dann kumplett, wann en eije Ditzje jefeukelt un avjeknuutsch wäde kann, wann klein Fößjer erömtapse un die dozo jehörende Hängcher de Nohallemraaf un -eravtreckerei enlügge, un de Mamm üvver e jebasch jot postelinge Ervstöck vör luuter Alterazijun bal de Bejovung kritt. Die Opräjezick es ävver mehschdendeils nor beim ehschte Püütche. Bei de nöhkste, die noch dobei kumme, es sujet allt en jewennte Huusmusik, un üvver mänche Basch weed dann nor noch jelaach. Eldere nemme jedes Offer op sich, wann nor ehr Pänz dobei jot jedeihe. Et fängk allt domet an, dat se nit mih esu fottjon künne, wie se mänchmol möchte. Un off jenoch weed jrad dann eine vun ehre Puute malätzich,wann se ens jän unger Lück jon welle. Als wann die Quös dat em Jeföhl hätte.

För de Nettekovens wor dat allt en jewennte Musik. Ehsch vör enem halve Johr, wie de Huhzick vun ehrem Broder anstundt, hatten ehr Puute der Keuchhoste. Am Sambsdagovend vör dem ehschte Adventsonndag, wie der Sparverein bei enem jemötlijen Ovend de Sparjrosche uszahlen dät, krächten se de Wasserpocke. Doch su wie ehr Pöschjer jebaut sin, wor kei Fisselche an inne hänge jeblevve. Em Momang balchten se sich me'm Hungk om Teppich eröm, dat de Jläser un der Posteling em Jlaserschaaf der reinste Poppedanz opfohten.

De Nettekovens wor am Spikelazius backe, sohch av un an ens noh de Pöschjer un frauten sich, dat die zwei widder esu jot drop wore. Am Friedagovend, vör dem veete Advent, dat wor üvvermorje, stundt wie jedes Johr et Chressdagskäjelen an. Un donoh jitt et luuter jet Leckeres ze müffele wobei et ärch löstich zo jeit. Su wie et em Momang ussohch stundt dem Käjele nix em Wääch.

Ävver! Ävver! - Am Donnerschdagmeddag laat sich et Pitterche met Fewer en et Bett un et Fränzje kroff - domet si Bröderche nit esu allein wor - met unger de Bettdeck. Am Friedagmorje hatt och et Fränzje Fewer un der Dokter wood jerofe. Dä kom am Nohmeddag, besohch sich dat rutmameree-te Jeseech vum Pitterche un saat: "Kein Opräjung, Frau Nettekoven, dat sin nor de Masere. E paar Däg Bettrauh met der Mellizing he, die ich üch jetz opschrieve un die zwei sin widd-der flöck om Damm." - Dä! Jetz wood et met der Käjelerei allt ens widder nix.

Op der jliche Etasch wonnten ene pangksioneete Polizei-obermeister, der ahle Mende, dä janz verdötsch op die Puute wor. Hä kom se och tireck besöke un saat för der Nettekoven: "Joot met örem Fräuche räuhich op dä Käjelovend. Ich blieven esu lang bei dä Kranköllije, bes dat se enjeschlofe sin, un ich loren och späder noch donoh. Dat dun ich jän." De Nettekovens kunnten jetz doch noch jon, dann bei dem ahle Mende woss-sten sei ehr Puute jot opjehovve.

Am Sambsdagovend trok hä sich ene Stohl zwesche die zwei Bedder, leet se noch ens drinke un frochten, wat se dann höre wollten. "E Märche!", saat et Fränzje leis un et Pitterche nickten nor dozo. E Märche? Wie braat hä jetz esu flöck e Märche zesamme? Wann die zwei in noh de Erjebnisse vun der Sportschau jefroch hätte, dann jo, dat wör en Saach jewäse, ävver e Märche? Hä üvverlaat - un dann hatt hä ein. Et Rut-käppche. Doch wie hä sich die fewrije Pöschjer besohch, daach der Mende bei sich: "Nä, wann ich dänne verzälle soll, dat der Wolf die Jroß met dem Rutkäppche jefresse hät? Dat muss die doch opräje. Un dann, dat dem Wolf vum Föschter der Buch opjeschnedde weed un die zwei widder eruskumme, als wann nix jewäse wör! Wä jläuv dat hückzedags noch?

Do jitt et doch noch dat Märche vun der Hex em Wald, die vun de Pänz em Ovve verbrannt weed. Ävver han denne ehr

Eldere die nit eifach en der Bösch jescheck, öm se quitt ze wäde? Dat wör hückzedags jlatt ene Fall för der Derrick. Ävver et Schneewittche! Nä, och nit. Dat hatt doch en ene jeftije Appel jebesse. De Frau Holle, dat Märche vun dem Pech- un der Joldmarie, dat jing. "Soll ich üch vun der Frau Holle verzälle?" "Nä!", reef et Fränzje us, "nä, Onkel Mende, do kumme jo nor Mädcher dren vör!" Och dat noch. - De Sterntaler! - Stundt dat Weech nit nor met enem Hembche anjedon druuße en der Käld eröm? Odder dat Mädche met de Schwävelhölzjer? Wat dutjefroren es? "Nä", daach der ahle Mende, "sujet kann ich dänne Puute nit verzälle. De Bröder Jrimm un och der Andersen, die hätten hück jlatt der ehschte Pries en de Horrermärcher kräje. Ävver wann ich die Märcher eifach en bessje mische? Dat fällt denne secherlich nit op." Un hä fing an:

"Do woren ens zwei Weechter. Ein hatt Flaaßhoore un dat ander wor fussich. Se nannten sich Schneiwießje un et Ruserut. Se jingken met enem Döppe en der Bösch för Worbele ze plöcke. Do kom der Hans em Jlöck met de sibbe Jeißte der Wääch elans un frochte: "Solle mer tuusche? Ör Worbele jäje ming Jeißte? Die iewije Meckerei vun denne es jo nit mih uszehalde!" Dat han se dann och jedon. Der Hans em Jlöck leef fruh met singe Worbele, die hä flöck verkimmelten un die Weechter drevven de Jeißte vör sich her.

Do sohchen se et Rutkäppche, wat allt vun wiggem reef: "Op dem linke Wääch do hingen springk su e verdötsch Kälchen eröm un röf luuter: "Och, wie jot dat keiner weiß, dat ich er sibbe jedüt han. Sibben op eine Streich!" "Och dä," reef et Ruserut zeröck, "dä? Dat es dat bekloppte Tapfere Schniederche, dä hät sibbe Fleeje jefange un meint jetz hä wör et Rumpelstilzje. Wo läufs do dann hin, Rutkäppche?" Jetz bejänten inne der Wolf. Wie dä die Sibbe Jeißte sohch, do es dä bal en singem eije Kennwasser versoffe. Hä frochten: "Wo jeit et dann met üch elans?" Et Rutkäppche daach bei sich: "Su e

Freese! Wad, deer wäden ich ding Tour versalze. Wo mer hinjon? Bei ming Jroß. Die es esu malätzich, dat se nor noch kromm, op enem Stock jestipp jon kann. Wann do am veete Wääch links erömläufs, dann küss do an e Huus, wat janz met Lävkoche bekläv es. Bestell der ärm Ahl e paar schön Jröß vun uns un saach ehr, dat mer jlich nohköme. Verjess ävver nit der Ovve ze stoche, domet mer et lecker wärm han." Der Wolf rannt, als wann der Düvel hinger im herr wör. Dann trofen se noch der Hänsel m'em Jretel, die sich verlaufe hatte un jetz met dänne drei wiggertroke.

Wie se bei dem Rutkäppche singer Jroß ankome, do wor et Schneewittche allt der Kaffedesch am decke un de sibbe Zwerje hatten et sich me'm Froschkünning em Ohrekaaste bequem jemaat. Do jingk op ens de Dör op un de Frau Holle kom stiefverkalt erenjefääch. Vör luuter Freud üvver die wärm Stuvv trok se der Froschkünning am Ohrekaasten erus un jov däm en Bützje. Wie der Froschkünning widder us dem Zauber erus un als Künningsson em Ärm vun der Frau Holle waach wood, do hätt et Schneewittche in flöck do fott jetrocke un in noch ens jebütz. Jetz woren se all fruh un han en Rauh met Kaffe un Koche de Verlobung vum Schneewittche me'm Froschkünning jefihrt. Un wann se nit jrad wie ehr zwei met de Masere em Bett lijje, dann probeet et Schneewittche em Momang si Bruckkleid an. No, wie jefällt üch mi Märche?", reef der ahle Mende en bessje möd, ävver doch stolz us.

Et Fränzje wor allt lang enjeschlofe un et Pitterche saat nor noch: "Onkel Mende, ich jläuv, do wors en de verkehte Märcher", drihten sich eröm un schleef och en. - Am andere Morje meinten et Pitterche zo singer Mamm: "Mer müssen beim Onkel Mende oppasse. Ich wollt in jo nit beleidije, ävver ich jläuv, dä kann nix mih behalde. Hä hät de janze Märcher durchenander jeworfe. Ävver Mamm, dat wor e schön Märche."

Ovends, wann ich schlofe jon

Melodie: aus der Oper „Hänsel und Gretel" von Engelbert Humperdinck
Worte: Altkölnische Überlieferung

Ovends, wann ich schlofe jon

Ovends, wann ich schlofe jon, veezehn Engelcher
öm mich ston:
zwei zo minger Räächte, zwei zo minger Linke,
zwei zo mingem Häuvte, zwei zo minge Föße,
zwei, die mich decke, zwei, die mich wecke,
zwei, die mich wiese en't himmlische Paradies.

En der Chressdagsbäckerei *

"En der Weihnachtsbäckerei...", su fängk e Leedchen an, wat mer em Dezember öftersch üvver de Sender laufe hört. Wä e Kochboch si eije nennt un jän backe deit - un vör allem, däm et och jot flupp - dä jeit en der nöhkste Lade, käuf sich sing Zotate doför un jitt sich an et backe. Ävver de mehschte Lück kaufen sich dat, wat en de jroße Bäckereie an fing Saache jebacke weed.

Blieve mer ävver ens bei der Selverbackerei.

Wann ich dran denke, op wat för en Rezep-Idee de Mütter em letzte Kreech kome. Wo et alles nor op Marke un kaum Extra-Zotate jov. Wievill Eier verbacke wäde kunnte, dat hing vun de "Sonderzuteilungen" av, un der Kakau wor mehschtens nur unger der Hand ze krijje. Doför mööt mer eijentlich hückzedags noch der Hot för se av dun.

Fange mer ens met de Makröncher an. Kokusflocke ha'mer nie kenne jelihrt. Doför wood jrovve Haferflocke jenomme, wann einer nit jrad klein Ditzjer hatt un de Haferflocke för de Fläschjer broot.

För de Marzipanädäppelcher nohm uns Mamm Fett, finge Jreesmähl, Puderzucker un Bettermandel-Öl. Dat Janze woot jot durchenein jeknett, klein Ädäppelcher drus jerollt un durch der Kakau jewälz. Durchjedrihte Quallmänner, Fett, Puderzucker, Kakau un Rumaroma wood jenau esu verarbeit, ävver jrößere Kugele drus jerollt. Dat wore dann de Rumkugele. He muß noch anjemerk wäde, dat mer för die Quallmänner off stundelang, mänchmol allt en bettere Kält vun Morjens veer Ohr an, an de Jeschäfte anjestande han. Wann et keine finge Jreesmähl jov, dann wood dat jrovve durch de Kaffemüll jedriht. Op däm selve Wääch wood us Zucker Puderzucker.

Un de Rahmkamelle! Majarin odder Botter, Milch un Zucker wooten en der Pann su lang jerührt, bes dat dodrus ene brunge kochende Brei jewoode wor. Jetz ha' mer met enem Teelöffel klein Häufjer op Perjamentpapeer jesatz. Woren se kalt - un dat jingk janz flöck - wooten die Kamelle en bungk Papeer enjeweckelt.

En nem ahle Kinderrümche heisch et: "Safran macht den Kuchen gel", nor woher nemme? Wä dran kom, dä nohm för der Spikelazius - usjeloße Pädsfett. Dovun wooten de Plätzjer un och der Koche joldjäl un schön mangks. Och zo der Zick woren uns Chressdagstellere luuter jot jeföllt.

No wor ich anno '44 üvver Chressdag zor Erholung en enem Kinderheim en Asbach em Westerwald. Uns Mamm saat för uns älts Schwester, dem Leni, dat it am nöhkste Sambsdag - dat wor drei Däg vör Hellijeovend - noh Asbach fahre sollt öm meer et Chressdagspäckelche ze bränge. Drop schlochen dem Leni de Plaggen en. Woröm? Wie de Mamm die jot jeföllte Dose Plätzjer vum Kleiderschaaf erav nohm, öm mi Päckelche ze packe, do wore die bes op ene kleine Res leddich. Do hät se ävver bal de Bejovung kräje. Uns Leni, wat et ehschte Johr en der Lihr wor, hatt sich jede Morje, anstatt Botteramme för de Arbeit ze maache, en öntlije Put Plätzjer enjepack. Luuter em Wääßel. Eimol us dem eine Döppe, dann us dem ander. Uns Mamm hät sich flöck unger der Hand e paar Zotate besorch un noch e paar Nutplätzjer jebacke.

Ich han mih Chressdagspäkelche kräje, ävver wat se unsem Leni verzallt hät, dat steiht op enem ander Blatt. Un et verjing kaum ene Chressdag, wo uns Mamm nit vun däm Asbacher Chressdagspäckelche verzallten.

De Nut brängk jot Jedanke *

Wa' mer em Advent durch de Enkaufsstroße jeit, dann es vun ener Besennungszick nix ze spöre. "Fest der Freude" - domet es Chressdag jemeint - soll et heische. Ävver wa'mer sich die Priese besüht, dann künnt einem et "Fest der Freude" met singer Schenkerei jlatt em Hals steche blieve. Dobei fällt mer widder e Kreppchen en, wat bewesen hät, wie mer och ohne jroße Jeschenke-enkauferei nen besennlijen Advent erlevve un "Fruhe Chressdag" feere kann.

Wie uns Pöschjer noch ärch klein wore un der Bätes ens janz fies malätzich en et Spidol kom, drop em November en Kur jon moot, do sohch et met dem "Fest der Freude" bei uns zemlich mau us. Vun de Krankenhuus- un Kurdägkoste wooten der Famillich en Deil avjetrocke, un dat wor zemlich schlemm. Am 10. Dezember kom der Bätes zeröck un unse Jroschebüggel hatt janz fies de Jeech. Wat wor ze dun?

Et ehsch han ich denne Pöschjer ehr lädeete Bäre janz stekum us der Spellkess jetrocke un Ovends, wann se schleefe, us Wollreste Bötzjer, Pullövercher un Schlüffjer för sei jestreck. Un op die Bärepullövercher kom sujar noch e jesteck Monojramm met "W" un "R". Se sohchen drop wie neu us. Ävver jetz wohin domet? En ener klein Dreizemmerwonnung jitt et kein jroße Verstechmüjjelich-keite, un do han ich se en enem deefe Böcherrejal hinger de Böcher verstoche. En dä Johre kom luuter am 20. Dezember ene jroße Zeddel op de Wonnzemmerdör met: "Geschlossen bis Heiligabend 17:00 Uhr. - Das Christkind".

Vörher hatte mer ävver noch de Flimmerkess en de Köch op et lesschaaf jesatz, domet de Puute ehr Kinder-sendunge wigger lore kunnte. No hatte mer vun Fründe en jroße Forderanseech vun enem Kasperle-Thiater jekräje, wo der Bätes jetz e Hüsje drömeröm schringerten. Met enem Daach, wo de Daachpanne richtich erusjestoche woote, an der Röcksick kom e Dörche met enem Schnäpper, un en dat Hüsjen en Bank, wo drei Puute odder zwei jroße Lück drop setze kunnte; un doför moot et Wonnzemmer als Werkstell herrhalde.

Am 23. Dezember wor et bal fädich. Der Bätes wor nor noch met Schrankpapeer dat Hüsje vun bennen am tapezeere, do hoote mer op ens unsen Ältste rofe: "Walterchen! Komm emal gucken! Unsere Bären haben Anzüje an!" Wat ich nit bedaach hatt wor, dat ich die Bäre jenau op die Plaaz verstoche hatt, wo se Poschte de Eier jefunge hatte un jetz daachten, et löch villeich noch ein do. "Tja", han ich jesaat: "Die hät secher der Zinter Klos verjesse üch metzebränge".

Se rannten met ehre Bäre ungerm Ärm op et Wonnzemmer an, reefen: "Pappa"!, ressen de Wonnzemmerdör op, - die ich en der Iel verjessen hatt widder avzeschleeße - un stippten ehr Müngkcher wick op. "Walterchen", reef dä Jroße, "der Pappa macht uns ein Kasp...", dann hatt hä mi Jeseech jesinn, wat en dem Momang nit jrad adventlich ussohch. Ich han die Wonnzemmerdör flöck zojetrocke, un die zwei jingke met ehre Bäre op de Köch zo, wobei dä Klein wesperten: "Robert, du muss nit Kasperle, du muss Hännesjen sagen".

Do uns Pöschjer de kleinste Puute em Huus wore, hatte mer am Hellijeovend en Häd Nohbere em Wonnzemmer setze. Nit die Pöschjer soßen en däm Hüsje, nä, der Bätes, un spillten us der Lamäng dat Stöckelche met däm Koffer. Su jesinn hät uns dä janze Spass nor der Käsper, sing Jroß, un e Krokodil us dem EHP jekoss. Irjendwann en de nöhkste Johre wood der EHP en "Kaufhalle" ömbenannt". Nor, wat uns noh de Feerdäg luuter ärch opjeräch hät, dat wor dä Schnäpper an der Hüsjesdör met singem "klack, klack". Ävver et wood eine vun unsere schönste Chressdäg.

Weegeled

Melodie: Paula Hiertz, Worte: Hanns Georg Braun

Weegeleed

Kindche, Schlof! Dat Möndche kütt
wie ne golde Naache.
Wann et durch de Rutte süht,
darfs do nit mih waache.
Dann et sitz e Männche drop,
met 'nem Sack voll Schofe,
un dat mäht dä Sack eesch op,
wann de Kinder schlofe.

Schlof! Dann kütt e Schöfche bal
zo deer hin, mie Schätzche!
Hät en selver Schell am Hals,
wibbelt met däm Stätzche.
Un dann spillt ehr leeve Ströpp,
Engelcher dun waache,
un dat Deerche springk un höpp,
un do krihs vör Laache.

(Summen)mmmm---------(4 x)

Schlof no! Schlof! Dä Möndchesmann
mäht deer ald e Schnüütche!
Solls dat schönste Schöfche han -
schlof, mien Hätzenspüütche!

Der Hellijeovend es do!

Maat un Stroße

Maat un Stroße sin verloße.
Dus em Jlanz es Hött un Huus!
Dräumend jon ich durch de Jasse:
Alles süht su stödich uus.

An de Finst're han de Fraue
bungkte Spillkrom fromm jeschmück.
Pänz ze Häuf ston stell un lore,
wade bes et Klöckche lück.

Un ich wand're durch de Moore
bes eruus, en't freie Feld.
Wat e Jlänze, hell'je Schore
wie su wick un staats de Welt!

Stäne huh em Kreis sich drihe
uus der Rauh vun Schnei su wick;
rofe klockehelle Stemme:
"Och, do jnadenriche Zick!"

(Nach Joseph Freiherr von Eichendorf)

Iesblome op de Rutte

Hückzedags bruch en Huusfrau nit lang em vöruus ze üvverläje, wat se an de Chressdäg op der Desch brängk; un dat jitt och de Nohberschaff nix an. Em Nutfall kann se sich ehre Brode ehsch am Hellijeovendmorje kaufe jon. Allerdings muss sei dann - wann et öm Fesch odder Jeflöjels jeit - dat nemme, wat üvverichjeblevven es. Do ävver bal jede Huushalt en Jefreerschaaf si eije nennt, kann se met Üvverlääch fröh jenoch vörsorje.

Dat wor zo minger Puutezick andersch. Do jov et noch richtije kal Wintere, die de fingste Iesblome op de Rutte braate. Un do de Köch nor wärm jestoch wood, heelten sich de Iesblome en dä ander Zemmer off wochelang. En der kal Zick heelten sich de Lück em Huus och nit ze lang op däm Etasche-Hätzehüsjen op. Ävver jet Jodes braaten de Iesblome doch met sich un dat wor: uns Mamm broot en der Zick kein Finster ze putze, weil die - uußer de Köchefinster - allemolde zojefrore wore. Wollte mer e klei Loch en de Iesblome hauche, öm erus lore ze künne, moote mer oppasse, dat mer met de Leppe nit dran fassklevve däte. Wann et su kalt wor, dann han mer off jenoch em "Löffelcheslijje" jeschlofe. Dat jingk esu vör sich: meer veer Weechter sin en ei Bett zesamme jekroffe un mooten doför ävver all en einer Reechtung lijje. Wie de Löffele. Wollt sich ein erömdrihe, dann drihten sich die andere drei met.

Eins broote meer domols nit: e Jefreerschaaf. Wat för ene Arbeitsmann kunnt sich sujet schon zoläje? Woför och? Wo mer dat doch kostefrei druußen om Köche-Finsterbrett hatte. Esse, wat för der nöhkste Dag üvverich jeblevve wor, wood eifach dohin jestallt. Un der Chressdagsbrode? Wat wor domet?

Jo, zo där Zick woss jeder vun jedem, wat an de Feerdäg

för ene Brode op der Desch kom. Dat sollten se och! Druuße nevve dem Wäschereck am Köchefinster erus wor am Huusjivvel ene decke iesere Hoke anjebraat, wo för jewöhnlich de Bade- odder Wäschbütt dran hing. Ävver e paar Däg vör Chressdag hingen, en deck Zeidungspapeer jeweckelt, met de Köpp noh ungen, de Chressdagsbrode. De Köpp moote jesinn wäde, söns hädden jo nen janz nitsche Nohber e Kning villeich för en Katz halde künne. Kning odder Has hät et bei uns nie jejovve, weil uns Mamm ens jehoot hatt, dat die sich met de Ratte paare däte. Bei uns hing luuter en Jans an däm Hoke. Winnichstens esu lang, wie de Hüser noch stundte. Der janze Hellijeovend-Dag kunnte mer jetz zolore, wie en däm jroße Hingerhoffveedel die Brode erenjehollt woote.

Wat et bei uns nie jov, dat wor, sich jemötlich en et Chressdagszemmer ze setze. E Wonnzemmer hatte mer nit, doför ävver e jroß Eldere-Schlofzemmer; un weil de Köch kein Plaaz för ene Chressbaum hatt, wood dä Baum tireck en ener Eck, hinger der Köchedör opjestallt un op ener jroße Komod met ener wieße Marmorplaat komen de Tellere un de Jeschenke.

Uns Bescherung wor am ehschte Chressdagsmorje. Mer leefen em Naakspunjel an der Baum, sungen e Leed, saaten jeder en adich Chressdagsrümchen op, nohmen de Jeschenke an un dann jingk et nix wie av en de wärm jestochte Köch. Mi Rümche wor jedes Johr "Markt und Straßen stehn verlassen".

Jetz setze mer en alle Zemmere jot wärm, künnen uns Krepp bes Maria-Leechmess ston loße un uns jede Dag op eneuts dran freue. - Doför es uns ävver eine Zauber jenommme woode: "De Iesblome op de Rutte".

(Rutte - Fensterscheiben)

Hellijeovend om Thürmcheswall

Der Schnei fällt hösch op Kall un Feesch,
he ston de Hüser deesch bei deesch;
un vör uns litt se no, die Praach:
su jletz'rich en der Hell'je Naach.

Am Stippfinster, om Thürmcheswall
huh op der Läuv wal üvver der Kall
lort fruh erus, si Hätzje laach, -
e Weech, hält Kopp un Auge waach.

Em jliche Stüvvje dräume deef
wie Engelcher su söß un leev,
si Schwester, Broder ehren Draum
vun Poppe, Pädcher, Dännebaum.

Em Läuvezemmer nevvendran
do fängk dat jroße Wäulen an:
met Möbele zesammeröcke.
Nä, wat es de Mamm am jöcke.

De Komod zeräächjedaut
un alles dodrop opjebaut:
su Pöppcher met fing Kleidcher an
un för der Jung en Ieserbahn.

No röf de Mamm: "Brängt mer der Baum!
Dä Baum? Dat weed ne Chressdagsdraum!
Wo sin de Kääze fing us Waaß?
Nä, Mann, maach mer de Äd nit naaß!

Un reck mer de Korallekess!
Do fings se nit? Wat för´ne Mess!
Dann lor ens unger e Puutebett!
Jefunge? - Süch ens an, wie nett.

Un Jroß, wo es dat Engelshoor,
wat üvvrichblevve letztes Johr?
Un stell de Teller allt erus
för Äppel, Spikulazius!"

Un för der Papp: "Zäll av de Moppe!
söns dun de Pänz sich widder kloppe,
weil einer drei ze winnich hät;
un muss zor Strof dann en et Bett!"

De Puute hatten jot jespaat,
un e Palaver dröm jemaat,
han disketeet, sich fies jezänk,
wat kräch de Mamm dis Johr jeschenk?

Allt lang wollt se neu Kochpött han,
sei broot och en Famill'jepann.
Der Papp, dä kräch jet an der Liev:
Paar Söck, ne Schlips, en äde Pief.

Su soll et sin. Et wood jemaat-
un alles unger ´t Bett jelaat.
De Eld're freuen sich jewess.
No ävver en de Lappekess.

Dat Klein am Finster wor noch waach.
Do nohm et en der Ärm de Naach.
De Mamm hatt nor dodrop jewaad
un flöck et en si Bett jebraat.

Se schleefen fruh bes morjefröh,
dann kom de Freud för all die Möh,
de Chressdagsfreud, su rein un klor
och op där Läuv he Johr för Johr.

Se wooten waach un stief verschreck.
Se sookten noh en jeder Eck. -
De Pött, de Pann, die woren fott!
Dann "Fruhe Chressdag" leever Jott.

De Mamm reef: "Kutt! Die ston om Hääd!
Die wore wal ör Spare wäät,
vun dä paar Jrosche Täschejeld
es dat för mich en Wunderwelt!

Wie han ich mich dodrop jefraut
un flöck dä Esskrom drenjedaut,
en Pött un Pann dat jode Züch.
Dann seht, jetz han ich Zick för üch."

Un op der Läuv, om Thürmcheswall,
me'm Stippfinster üvver der Kall,
do fihrten se jrad su expree
wie de fingste Hotvulee.

Dräum dich zeröck en ding Kinderzick

Melodie und Worte: Paula Hiertz

Dräum dich zeröck en ding Kinderzick

Strüch un Bäum sin sich am räste,
han ehr Blädder avjelaat;
jäl un fussich wie se wore,
waaden op dä wieße Staat.
Ov wal bal de Flocke falle
die se decke jot un wärm?
Mänche han nix zozedecke:
Minsche sin et, die su ärm!
Soll mer schwijje? Soll mer rofe?

Refrain:
Chressdag op Chressdag trick en et Land.
Komm, leeve Fründ, reck mer her ding Hand.
Setz dich met uns an der Dännebaum,
dräum dich zeröck en ne Kinderdraum,
wo dich allt fruh e Kääzje jemaat,
wann sich vum Sching ne Kranz dröm jelaat.
Lijjen de Johre och noch su wick,
dräum dich zeröck en ding Kinderzick.

"Chressdagsfredde litt op Äde",
rofen wal en janze Häd.
Fridde nor för der Dezember?
Es dat noch der Chressdag wäät?
Desch, die baschte vun Jeschenke,
wo de Ärmot nor su schreit?
Liet sich doch met vollem Mage,
sage leich: "Et deit mer leid".
Soll mer schwijje? Soll mer rofe?

Refrain:
Chressdag op Chressdag trick en et Land....

Chressdagsüvverraschunge

Der Paul verzallt ens: Wann ich versöke zeröckzedenke, dann jitt et vill Hellijeovende, an die ich mich jenau erennere kann. Ävver der opräjendste wor dä, wo mi Vatter der Chressbaum am Finster erusjeworfe hät.

Dä janze Durchenein kom secherlich doher, weil sich mi jroß Schwester, uns Bäbb, en Chressdagsüvverraschung usjedaach hatt, vun der nor ich jet woss. Un mi Vatter hät sich ze jlicher Zick ein enfalle loße, wo uußer dem Bäbb un meer, der Ress vun der Famillich enjeweiht wor.

Die Üvverraschung vun meer un mingem Schwester heesch Joschi un die vun mingem Papp, de Tant Rosi.

Der Joschi, dat wor ene japanische Student, dän uns Bäbb op der Unität kennejelihrt hatt. En dem Summer wor hä drei Däg bei uns op Besök jewäs un de janze Famillich mooch in tireck jän. Weil hä ävver kaum e Woot Dütsch kunnt, vun Kölsch welle mer allt ja nix sage, hatte meer uußer unsem Bäbb, wat luuter Englisch met im sproch, su uns Moleste in ze verston. Bei uns kunnt ävver söns keiner Englisch, un et Bäbb wor et noh e paar Stund leid, alles wat et mem Joschi sproch, ze üvversetze.

De Tant Rosi wor uns Jroßtant un kom av un an ens op Besök, un weil se meer dann luuter jet metbraat, sohch ich se och jän kumme. Leider braat de Tant och jedesmol der Mucki, ehre Möpp, met. Dat wor ene volljefressene Pudel, dä kein Puute ligge kunnt, un dä, wann ich och nor en sing Nöh kom, tireck an ze knurre fing. Un mänchmol ben ich jrad an enem Hungksbess vun im vörbeijekumme. Sei moot in üvverall metnemme, weil keiner op dä bessije Möpp oppasse wollt.

Dem Bäbb sing Üvverraschung wor: It hatt der Joschi, ohne dat et einer jemerk hatt, en mi Zemmer zoteet. Do kunnt in keiner sinn, dann uns Eldere durften av dem

Nohmeddag vör dem Hellijeovend nit mih en uns Zemmere. Dat wor esu usjemaat, weil meer do de Jeschenke för sei verstoche hatte. Der Joschi sollt stekum us mingem Zemmer eruskumme un vör der Dör wade, nohdem mer allemolde en der jot Stuvv, dem Chressdagszemmer, zesammejekumme wore. Un wann meer - wie en jedem Johr - anfinge, "Stille Nacht" ze singe, sollt hä de Dör opmaache un wie ene Üvverraschungsengel em Zemmer ston.

Uns Bäbb hatt meer, wann ich üvver die Saach minge Mungk heelt, staatse Indianer-Häuplingsfeddere för minge Kopp versproche. It woss, dat op mingem Wunschzeddel an ehschter Stell ne Kaaste för ze zaubere un an zweiter evvens su en Indianerfeddere stundte.

Wat mer allebeids nit wosste: Bal ze jlicher Zick me'm Joschi wor de Tant Rosi met ehrem decke Mucki jekumme. Meer hatten se nit jehoot, weil mer jrad noch me'm Joschi ze dun hatte.

Der Üvverraschungsplan vun mingem Papp sohch esu us: Hä hatt de Tant Rosi tireck en de jot Stuvv jedaut. Do lochen allt de Jeschenke för mich parat. - Alles wat mer för ze zaubere broot. Der Hot, et Zauberstöckelche, ne rude Ömhang, der Zaubermantel un en Indianerfedderkrun, die ming Mamm selvs jemaat hatt. Koot bevör ich en dat Zemmer köm, sollt de Tant Rosi die Fedderkrun opsetze un sich hinger dem zojetrocke Finstervörhang versteche. Mingem Papp wor klor, dat ich tireck ming Zauberjeschenke usprobeere wollt, un bestemmp en bessje domm lore dät, dat die Indianerfeddere nit dobei lochen. Ävver noh mingem ehschte Zauberspröchelche sollt der Vörhang usenanderjon un de Tant Rosi köm als Indianer met der Fedderkrun erus.

Endlich wor et druuße düster jewoode, ming Mamm reef noh uns, un de Dör vum Chressdagszemmer wood opjemaat. Wat wor dat widder för en Praach! De Kääze am Baum brannte un spejelten sich en selvere Chressbaumkralle. Et roch noh Chressdag! Zo minger Üvverraschung wollten uns Eldere dismol nit, dat et ehsch Leeder jesunge wäde sollte, nä, mer durften uns tireck de Jeschenke anlore. Em Stänekarjär op der Jeschenkedesch zolaufe un ming Zaubersaache an mich rieße, dat wor eins. Nä, wat han ich mich jefraut.

"Jefallen se deer?", frochte ming Mamm. "Jefalle? Un wie!" Drop han ich mer tireck dä spetzen Hot opjesatz, öm ze lore, ov hä och passten. "Secher wells do dat Zauberstöckelche jlich usprobeere?", saat minge Papp. "Nä, et ehsch noch der Ömhang!" Ävver en minger Freud un Opräjung kom ich met däm Hoke för zozemaache nit parat. "Nor nit unjedöldich wäde", reef ich en de Stuvv eren. Setzt üch derr, dann jetz zaubere ich jet fott. Wat soll et sin?" "Fottzaubere es nit jot", saat jetz minge Papp. "Zauber jet herr! Villeich kanns do als Zauberenstand jet Jroßes, Lebendijes herrzaubere. Kein Jäjeständ!" - "Villeich ene Elefant?" - "Nä, dä es ze jroß, dä pass doch nit en die Stuvv eren! Et muss ene Minsch sin!"

"Ene Minsch? Och jot! Ne fremde Minsch?" Ich daach an dä ärme Joschi, dä, do mer jo immer noch kei Chressdagsleed jesunge hatte, luuter noch vör der Dör stundt. "Ne Japaner!" reef ich, "ich wäde ne Japaner herrzaubere!" - "Japaner", saat minge Papp jetz allt en bessje unjehalde. "Fällt deer nix Besseres en? Do häs doch der Ledderstrump jelese. No? Einer us enem andere Volk vun janz wick herr!" - "Do häs wal jet jäje Japaner!", reef uns Bäbb jetz zemlich opjebraat un wood allt luuter wödijer.

"Nä, secherlich nit, dat weiß do doch, ävver dort et kein lewichkeit, bes dat sich di Broder ene Indianer herrzaubert?" "Woherr soll ich dann wesse, dat et ene Indianer sin soll!", reef ich beleidich un wor dem Kriesche allt noh un verstundt minge Papp nit mih. Et wor doch klor, dat dat Janze he nor e

Spill wor. Ming Mamm saat jetz en bessje kott: "Ehr wäd mer doch wal am Hellijeovend keine Strick anfange!"

"Do häs rääch", meinte no uns Bäbb. "Mer sollten endlich met der Singerei anfange." "Enä, noch nit", reef jetz unse Papp opjebraat. "Do sings doch söns nie esu jän Chressdagsleeder. Woröm dann uusjerechnet jetz, wo sich di Broder ene Indianer herrzaubere soll!" - "Alsu jot", saat ich, "zaubere ich evvens ene Indianer herr."

"Ävver vun wo soll hä dann kumme?", frochten mi Vatter mich. "Lor dich doch ens öm, am beste wör et wie op ener Bühn." Dobei stallten hä sich nevve dem Finstervörhang, hinger dem de Tant Rosi allt de janze Zick met der Indianerkrun om Kopp, op et Zauberzeiche wade dät. "Nä, vun der Dör", saat ich. Dann ich daach an der Joschi, dä luuter noch druuße stundt. "Nit durch de Dör!", reef mi Vatter jetz wödich. "Hä muss durch et Finster kumme!" - "Nä, durch de Dör! Es dat minge Zauberkaaste odder dinge!" - "Durch et Finster", brollte jetz minge Papp zeröck. "No loss doch der Paul wünsche", saat uns Bäbb zemlich bestemmp. Ich sohch jetz, dat minge Papp vör luuter Wot allt ene janze rude Kopp kräch. "No jot, dann soll dä Japaner durch et Finster kumme." "Dä Indianer, Jung, dä Indianer", verbesserten mich jetz minge Papp.

Ich nohm mi Zauberstöckelche en de räächte Hand un trok ene wigge Zauberkreis üvver dem Vörhang. Eh dat ich dreimol "Abrakadabra" sage kunnt, leef met lautem Jebröll der Mucki op mich zo un bess sich en mingem rude Zauberömhang fass. Ene Augenbleck drop stundt de Tant Rosi met der Indianerkrun om Kopp zwesche de Vörhäng un brollte: "Mucki, brav! Mucki, hierher!", packte der Mucki am Halsbengelche un trok dodran su ärch se nor trecke kunnt. Der Mucki leet minge Vörhang us de Zäng, de Tant Rosi stolperten röcklings jäje der Chressbaum, dä Baum kippten un feel öm, un de Zwijje fingen tirecktemang an brenne. Der Tant Rosi verschloch et bal de Stemm un se reef su laut se nor kunnt: "Feuer!" un rannten op de Dör an, ming Mamm brollten: "Wasser! Flöck!" un leef ehr noh.

De Tant ress et ehsch de Dör op, brollten allt widder "Huch" odder su jet Ähnliches un blevv wie versteinert ston. Ming Mamm saat: "Ne Jeis! Der Joschi!" un blevv och ston. Nor minge Papp, dä saat üvverhaup nix. Hä leef op et Finster an, ress et op, packte der brennende Chressbaum un worf in met allem, wat dran wor, eruus en der Schnei.

Späder soße mer dann allemolde öm der Desch eröm un verkimmelten der Schlot us Ädäppele, Nöss un Äppel, den et jedes Johr jov. Der Joschi strohlten, mi Schwester laachten ohne opzehöre, un der Papp saat: "Ich jläuve, dat mer dä Chressdag nit esu flöck verjesse wäde!" Un domet hatt hä Rääch. Wann ich ens noh Japan kumme, kann ich uns Bäbb jo froge, ov et sich noch dodran erennert.

(nach einer Geschichte von **Paul Maar** ins Kölsche übertragen)

Der Chressbaum es der schönste Baum

Melodie und Worte: Georg Eisenbach 1842
in die Mundart übersetzt: Paula Hiertz

Der Chressbaum es der schönste Baum

Der Chressbaum es der schönste Baum
dä meer op Äde kenne.
Ehsch es hä klein, mer süht in kaum,
wie dröcklich blöht dä Wunderbaum,
: wann hell sing Leechter brenne :
jo brenne.

Doch no es Freud för alle Lück,
es jede Naach voll Kääze.
Weiß do, mi Kind, wat dat bedück?
Et Chresskind schenk deer alles hück.
: Wonnt jän en dingem Hätze :
em Hätze.

Dann lor, en su ner Wundernaach
es ens der Här jebore,
als Chresskind, wat su sillich laach;
braat et der Himmel uns met Maach.
: Söns wör de Welt verlore, :
verlore.

Och loss et en! Es keine Draum!
Et määt di Hätz zom Jade,
un flanz för dich, do jläuvs et kaum
der allerfingsten Wunderbaum.
: Bruchs nit ens drop ze waade, :
ze waade.

Verjess mer nor nit et Engelshoor. *

Wann de Minsche nit luuter jän erömjeknespelt un dobei jet Neues usjeknuv hätte, dann leefe mer secherlich hück noch me'm Kningsfell behange en der Steinzick eröm. Zom Jlöck hatten de Minsche vum Anfang der Zick e Jeheens för ze denke. Un wann se och noch su ärm wore, dröm wollten de mehschte doch met der Zick jon. Alles Neue, wat op se zo kom, dat wood met Bedaach en Augesching jenomme un versook, et noch besser ze maache. Bes hück. Ävver bei einer Arbeit, die nor eimol em Johr ansteit, bliev för en Häd Lück de Zick ston. Hefför hät sich mäncheiner noch e Stöck us singer Puutezick met op singe Levvenswääch jenomme: am Hellijeovend der Chressbaum paratmaache.

Wann meer Puute am ehschte Chressdagsmorje en aller Fröhde vör dem Baum stundte, dann sohche mer die flackerije Kääzeflämmcher, de Kralle un et Lametta wie durch ene Nevvelschleier. Als wann en Spenn öm der janze Baum eröm ehr Netz jespannt hädden, su fing wor vun bovven erav et Engelshoor üvver de Zwijjespetze jetrocke. Su jet moot mer künne.

Et wor zo där Zick, wo de Bubiköpp opkome, wo de Zemmerwäng beim Arbeitsmann mehschdendeils noch jekälk un dann met ener Roll klein Muster drüvver jerollt woote, un wo en Sofa en der Köch allt jet janz "Besondersch" wor. Domet well ich sage, dat he dat Engelshoorkreppche allt en Häd, Häd Johre zeröcklitt.

Hellijeovend beim Breuers Pitter: De Pänz dräumten en ehre Bedder allt lang vun de Jeschenke, un do e Wonnzemmer för de Breuers e Frembwoot wor, spillten sich alles en der Köch av. Och der Chressbaum hatt he sing faste Plaaz. Dä paratzemaache, dat wor för der Breuer en Vüjjelcheswessenschaff. Dat jingk esu vör sich: Soß de Spetz jot drop un wore de

Vüjjelcher drunger fassjemaat, dann kippten hä sich et ehschte Schabausvüjjelche de Drankjass erav. Hatt hä de Kääzehaldere akkerat op de Zwijjespetze jeklemmp, fing dat zweite Vüjjelche an ze zwetschere, noh de Kääze et drette un esu wigger.

Bes op et Engelshoor, wat sing Frau, et Kätta, luuter drüvvertrok, wor der Baum fädich. Dann jingk de Schell. Der Nohber stundt en der Dör un wollt sich wie jedes Johr de Säch uslihne, för singe Baum passend en der Ständer ze krijjje. Un wie jedes Johr saat der Breuer: "Es minge Baum kein Praach? Jetz, wo ich fädich ben, kann ich üch doch bei örem helfe." Singem Kätta reef hä noch zo: "Verjess mer nor nit et Engelshoor!" Un domet wor hä och allt an der Dör erus.

Dem Nohber singe Baum muss wal e Meisterstöck jewoode sin, dann wie de Klocke druuße de Chressmette enbeiere däte, schöckelte der Breuer met "pscht, Pitter, pscht" en sing Köch eren. Hä maat et Leech an un sohch - kei Engelshoor om Baum! Om Desch loch ene Zeddel met denne Wöt: "Ich han verjesse neu Engelshoor ze kaufe. Dis Johr muss et evvens ens ohne jon". Singe staatse Baum ohne Engelshoor? Dat kunnt nit anjon. Wat sollten sing Puute dozo sage?

Do dem Nohber singe Baum och en Vüjjelcheswessenschaff wor, schöckelte der Breuer jetz vun einer Sick op die ander en et Schlofzemmer, wo sing Frau, hungksmöd enjeschlofe, allt de Chressbäum för de nöhkste Johre am zerääächsäje wor. Hä satz sich op de Bettkant un besohch sich dat Bildche jet nöhter: "Och, süch ens, mingen Engel!" Hä nohm dä lange wieße Zopp vum Kätta, dä op der Bettdeck loch en de Hand un daach: "Wollt et Kätta nit allt lang ene Bubikopp han? Woröm wor ich eijentlich dojäje?"

Der Pitter schöckelten op der Nihkaasten an, nohm de Schier erus un schnett dem Kätta bei singer Säjerei der Zopp av. "Jetz han ich doch verhaftich zwei Fleje met einer Klapp jeschlage", daach hä bei sich, "it kritt vun meer zo Chressdag der Bubikopp jeschenk, un mer han och noch et Engelshoor. Jetz flöck domet op der Baum. Wie maat et Kätta dat? Aha! Bovven anfange!" Ävver weil sich op ens dä Baum wie en Spilldos vör singe Auge drihe dät, hät hä sich flöck op ene Stohl jesatz, un es esu, met däm Zopp en der Hand, enjeschlofe.

Wie et Kätta e paar Stund drop waach wood un sich wie jewennt noch em Bett singen Zopp zo ener Knuuz fass steche wollt, do es im bal der Speu fottjeblevve. Ne Bleck en et Nevvebett - leddich. Wat wor passeet? Et Kätta es esu flöck us dem Bett jesprunge, dat et om Wääch noh der Köch bal üvver sing eije Föß jeflogen es. Un wie et der Pitter met singem Zopp en der Hand do su setze sohch, hät et Laachkrämp jekräje, dat sing Puute verschreck ze laufe kome un metlaachten. Wie hä vun der Laacherei endlich sing Döpp opmaat, do reefen se allemolde wie us einem Mungk: "Jlöcksillije Chressdäg, Pappa!"

De Hötte

Melodie: **Paula Hiertz**
Worte: **Jakob Rasquin (1873-1941)**

De Hötte

Wieße wölle Spreide läje
sich op Nümaat, Hött un Baum,
Stäne änz erunder lore
en dä stelle Chressdagsdraum,
dä do unger alle Minsche
widder jitt dem Hätze Rass,
dat för koote Zick verjesse
meer uns Levvensnut un Lass.
Un de änze Stäne jeeße
Fridden op de Äd erav,
Fridde läht sich op de Siele,
mäht zum Kind uns, mäht uns brav.

Wie Jespenster durch de Hötte
husche Mutter, Ohm un Tant.
En de Wunderwelt verlore
ston de Püütcher Hand en Hand.
Sill'je Kinderzick: Om Nümaat
sohch och ich vör veezich Johr
en de Wunderwelt der Hötte
Leech em Hätze, hell un klor.
Un die wölle Decke loche
jrad wie hück op Stroß un Baum,
Stäne änz erunder sohche
en dä stelle Chressdagsdraum.

(De Hötte, su nannt mer de Weihnachtsbude op dem Nümaat.)
(Us däm Chressdachsstöck: "De Hötte")

Naakswäächter, Amerau!

Der Bätes, ene Köttbroder, sitz ener Pooz un es enjeschlofe. Ne Naakswäächter kütt dozo.

Naakswäächter: He, Bätes! Ich jläuven, dä es enjeschlofe. Ov dä op enem Hutschpott sitz? *Hä stupp in an.* He! Schliefs do?
Bätes: Enä! Ich dräume! Es dat am Hellijeovend verbodde?
Naakswäächter: Bätes, wat wünschs do deer dann zo Chressdag?
Bätes: Dat do mich en Rauh liss!
Naakswäächter: Wie krijjen ich et jeretz, dat hä, müjjelichs ohne Thiater ze maache, he de Plaat putzen deit?

Bätes:
De Chressdagszick, en Fän un Noh,
och he om Dörpel es se do.
Wat jevven et doch schrabb'je Lück,
dat merk mer janz besondersch hück.
Der Büggel leddich, kein Marie,
mer dun de Häng un Zihe wih.

Latänepohl, do jiss mer Leech,
mich rieß de Ping un och de Jeech.
Un weil et bei meer nit jot ruch,
ich mer der Hals nit wäsche bruch.
Et waat kein Muus, kein Katz op mich,
ich ben nit ärm, nä, ich ben rich!

Naakswäächter:
Komm! Bätes! Hevv di Föttche huh,
söns wäden ich hück nit mih fruh.
Ding Nas, die dröpp un es allt blau,
wann ich dich sinn, weed et mer flau;
et es doch nümmes mih jet loss
un och kei Minsch mih op der Stroß.

Bätes:
Eh dat de Lück he en der Stroß, wäje dinger Singerei ahl Döppe us de Finstere eravschmieße, well ich leever allt jon. Ich loße mer doch vun deer ming Kundschaff nit verderve.

Ich jon jetz heim, jon en ming Kau,
lor en ming Flimmerkess en Rauh.
Ich wünsche meer en jode Naach.
Jevv do nor op de Stroße aach.
Han ich och nor om Desch en Flönz,
dann lor, die kräch ich ömesöns!

Naakswäächter, Amerau!

(Nach der Melodie: O, Tannenbaum)

Do leeve hell'je fromme Chress

Melodie: Karl Marx
Worte nach dem Original in die Mundart übersetzt: Paula Hiertz

(Mer sin en der jot Stuvv. Om Halverschhoff es Hellijeovend, de Fündlinge schmücke der Baum un singen dobei:)

Do leeve, hell'je fromme Chress

Do leeve, hell'je fromme Chress,
dä för uns Pänz jekummen es,
domet meer solle brav un fing,
de räächte Pänz för der Herrjott sin.

Och sän uns, sän uns, meer sin noch su klein,
un maach uns doch et Hätzje rein!
Un schrubb uns och et Sielche hell
en dingem riche Himmelsquell.

Dat meer all Eng'le Joddes sin
en Leev un Treu, dat künnt ehr sinn!
Dat meer die'n blieve för un för -
och hell'je Chress komm durch de Dör.

(Us däm Chressdachsstöck: "De Fündlinge vun Neppes")

Bal es et esu wick!

Dat ältste Fündlingsweech, et Plün, fröch: "Hadder och jeder e Rümche jelihrt? Dann ehr weßt jo, dat et ohne Chressdachsrümcher kein Bescherung jitt".

Balter: Jeder ein? Wann soll dann de Bescherung sin? Mer han allemolde ein zesamme jelihrt; un och selver "jedichtet".
Plün: Dann losst ens höre!

Klör: *Wann et schneit en Bösch un Flur,*
Vrün: *wann der Has sitz op der Lur,*
Zisje: *wann et widder es Dezember,*
Ingenaaz: *dä kütt mehschtens nohm November.*
Angenies: *Wann mer jon op leise Solle*
Balter: *uns och ens e Plätzje holle*
Köbes: *en der Köch dun ein stibitze,*
Rickche: *wann de Tant Fränz jrad drin tut sitze...*

Plün: Un wann kütt do endlich jet vun Chressdag dren vör?
Dei: Plün, do muss nit esu unjedöldich sin. Mer sin doch luuter noch bei der ehschte Strof; un dat hät zwölf Strofe.
Leienard: Wat meins do, wat uns Köpp bei där "Dichterei" jequalmp han.
Plün: Künder dann nit tireck bei der zwölfte, met "Fruhe Chressdag" anfange?
Mundes: Wann do dat wells? Alsu:

Un es der Hellijeovend do,
dann kummen se vun fän un noh
bei uns he op der Halverschhoff.
Un dann weed uns Köch jelovv
för der jode Feerdagsbrode;
Doch jetz künder he ens rode,
wat mer schenke deer Tant Fränz - -
Leev un Freud - ding Fündlingspänz!

Plün: No lort! Jetz dort et nit mih lang. Et weed allt düster!

Angenies:	Agnes,	**Balter:**	Balthasar
Ingenaaz:	Ignaz	**Klör:**	Klara
Köbes:	Jakob	**Leienad:**	Leonhard
Mundes :	Edmund	**Plün:**	Apollonia
Vrün:	Veronika	**Zisje:**	Franziska

De Fündlinge hänge de letzte Strühstäncher en der Baum un singen dobei:

Et weed jo allt düster

Die Melodie ist aus Tirol und die Worte wurden nach dem Originaltext von Paula Hiertz in die Mundart übersetzt.

Et weed jo allt düster

Et weed jo allt düster,
et weed jo schon Naach
dröm kumm ich zo deer hin
un jevv op dich aach.
Well singen e Leedche
däm krieschende Kind.
Do mööchs jo nit schlofe,
dann hör op der Wind.
Ei, ei, ei, ei, ei, ei,
: schlof söß hätzleev Kind.:

Verjess nit o Kindche,
der Kummer, di Leid.
Dat do do moots lijje
em Stall op der Heid.
De Engelcher schmücken
et Krippchen deer uus.
Weed finger nit sin en
'nem vörnähme Huus.
: Ei, ei, ei,...

Maach zo jetz ding Döppcher
en Fridde schlof duus.
Jevv meer dinge Säje
un ich jon noh Huus.
Dann han ich kein Sorje
öm dich un schlof en.
Freu mich op der Morje,
do blievs mer em Senn.
:Ei, ei, ei,...

Et es vollbraat!

De Kääze brennen am Chressbaum vum Fündlingshoff. De Fündlinge setzen em Halvkreis öm dä Ärmevatter Frings eröm, dä hück, am Hellijeovend, om Halferschhoff et Chressdagsevanjelium verlese deit.

Halfersch: Eh dat mer uns an de Tellere un Jeschenke jevve, mööch ich, wie en jedem Johr, et ehsch e paar Wöt an üch jevve. Bal es widder e Johr vörbei. Dä Hoff wood vum Bletz un Hagel verschont. Mer broote keine vun uns nohm Kirchhoff ze drage un ehr sitt allemolde jesund. Un jetz weed uns, wie en jedem Johr, dä Här Frings der Chressdagsverzäll vörlese.

Ärmevatter Frings:

Zor domolijen Zick jeschoh et, dat vum Kaiser Aujustus ne Befähl erusjingk, dat alle Minsche, die unger singem Rejalt stunte, opjeschrevve wäde sollten. De ehschte Opzeichnung jeschoh, als dä Quirinus Statthalter vun Syrien wor. Allemolde jingke se hin för sich endrage ze loße. Jederein en sing eijene Stadt.

Och dä Jupp trok vun Jaliläa, us dä Stadt Nazareth, erop noh Judäa en de Stadt vum David, die Bethlehem heesch, - weil hä us däm Huus un Jeschlääch vun dänne Davids wor - öm sich endrage ze loße; zesamme me'm Maria, singer Bruck, die e Kindche unger ehrem Hätz drohch. Wie se jot do wore jeschoh et, dat de Zick jekumme wor, wo dat Kindche ankumme sollt. Weil se ävver en keiner Pangksijun en Plaaz kräje han, kräch et Maria singen ehschjeborene Son en enem Stall, weckelten in en Windele un laat in do en ener Krepp.

Un dä Stän, dä üvver Bethlehem un däm Stall stundt, dä dät alle Lück dä Wääch noh däm Kind wiese. Amen!

(Wat es ene Halverschhoff ? Et es eine op enen halve Erdraach jepaachte Hoff. Dat heisch: Dä Hoff jehöten enem Jutshär un dä Halversch, dat wor der Pächter; un alles wat em Johr jeschlaach odder jeerntet wood, dat jehooten zor Hälv däm Pächter. He en däm Fall wor et die Halversch, de Tant Fränz.)

Am ehschte Feerdag

De Chressdagsjans

Wer kennt nit dä Wäul un dat Jebrassels vör de Feerdäg? Jadinge wäsche, backe, putze, schrubbe un vör allem de Enkauferei. Wa'mer dat janze Enjekaufs ens zesamme op en Wooch jöv, dann köm esu mänche Zentner zesamme, wat mehschdendeils dat sujenannte schwaache Jeschlääch heimpüngelt. Un dann ehsch ens de Foderkaat för die Feerdäg. Wat jitt et do nit alles ze üvverläje? No hät mer jo hückzedags, dank Jefreerschaaf un Mikrowellehääd, die Müjjelichkeit, wa'mer well, allt e paar Mond em vörus ze koche.

Su hät och et Küppersch Jretche jedaach un sechs Woche vör der Zick sing Chressdagsjans lecker jeföllt, jebrode, och de Zaus dozo jemaat un dann met dem Bröder enjefrore. Jetz broot it die Jans an Chressdag, wann et les avjetaut wor, nor en Zick lang en der Backovve ze stelle un der Fessbrode wor fädich. It kannt sing Leevjer. Wann dänne dä Brodedöff ene Dag vörher en de Nas trok, dann kunnt et passeere, dat die jebrode Jans der ehschte Feerdag nit erlevve dät.

Der Hellijeovend wor do, un an däm Dag komen och sing verhierote Pänz met ehrem janze Anhang op Besök. Dat woren er en janze Häd. E paar hatten sich lang nit mih jesinn un doröm och vill ze verzälle; un einer braat, domet dä Ovend nit ze drüsch wöd, e Faaß Kölsch met.

Wie et Jretche noh der Bescherung de Sing an däm Faaß ston sohch, do wood et im richtich wih öm et Hätz. It daach an die Zick zeröck, wo se noch klein woren, am Dännebaum en adich Rümche opsaate, Leedcher sunge un dann ehsch an de Jeschenke jingke un donoh als Messjunge en der Chressnaach deenten. No kome nor noch Chressdagsleeder us dem Radio, die mer ävver kaum verston kunnt, weil die Schwaderei an däm Faaß lauter un lauter wood. Un dat soll jetz der "Hellijeovend" sin?, daach et Jretche, dat es jo der reinste Fastelovend. It saat för de Sing: "Sitt mer nit kott, ich ben hungksmöd un jon schlofe. Denkt dran, dat Morje om zwölf Ohr jejesse weed". Drop jingk it en sing Köch, nohm der Bröder us dem Jefreerschaaf, domet et les avtaue sollt, un dözten op der ehschten Stock en et Schlofzemmer erop.

Et Jretche feel wie ene naaße Sack en et Bett un sing letzte Jedanke wore noch: "Wa'mer och en eije Huus han, doröm künnten se doch en bessje hööschder sin. Mer muss sich jo jlatt för de Nohberschaff schamme." Zweimol wood et noch vun der Kujaxerei unger sich waach un jedes Mol daach it: "Dä, no rieẞen se uns noch dat Huus av." It trok sich et Plümo üvver de Ohre un schleef wigger.

Chressdagmorje! - Em Huus wor et müsjesstell. Et Jretche jingk de Trapp erav un dät dobei en Jedanke singen Arbeitsdag bes Meddach avhoke. Fröhstöcke, dann der Bröder en der Backovve däue, de Zupp un der rude Kappes us dem Jefreerschaaf holle, Pudding koche, Klös avkoche un dann stundt it en der Köch. Om Wääch noh der Kaffemaschin hovv it der Deckel vum Bröder huh - un do wollt it jlatt der Schlaach treffe. En der Zaus schwomme nor noch de Knoche vun der Jans. Jetz woss it och, woröm die en der Naach esu e Thiater jemaat hatte. Wie sich bei ihm der ehschte Schreck jelaat hatt, do kräch et Jretche en Idee. För sich un der Papp nohm et Brotwöösch us dem Jefreerschaaf, lat die janz noh hingen en der Backovve, stallt der Bröder dovör un jov sich verjnöch an et Kaffedrinke.

Su av zehn Ohr komen sin Leevjer noh un noh us de Feddere. Ävver zo där Zick hatt et Jretche allt der Meddagsdesch jedeck un saat jotmödich: "Ehr hatt dis Naach su vill flössich Brut us dem Faaß zo üch jenomme, dat ehr no et Kaffedrinke spare künnt. Uußerdäm weed jlich jejesse. Ruch die Jans nit jot?" Un dobei daach it an die Brotwöösch, die em Backovve brotzelten. Sing Puute lorten sich janz verdötsch an. Wie kunnt ene Brode ruche, dä ja nit mih do wor? Einer frochte: "Mamm, häsde dann ens nohjelort, ov deer die Jans och jot jeroden es?" - "Hadder allt ens erläv, dat meer en Jans nit flupp?", jov it zor Antwoot un dät se an der Desch bedde.

Esu räuhich hät sich sing Sippschaff noch nie derrjesatz. Ehsch kom de Zupp op der Desch un komischerwies wollte se all noch ene Teller dovun han. "Nä, nä", saat et Jretche, "sich der Buch voll Zupp pumpe un mich nohher op der Jans setze loße. Dat kütt nit en Froch." Un nohdäm se sich all met Klös un rude Kappes versorch hatte, nohm it dä Bröder us dem Backovve, satz den meddsen op der Desch, hovv der Deckel huh un frochten der Ältste: "Do käus jän Schenkelcher? Solls do han." Dobei laat et im ene Schenkelsknoche op sing Klös, jov de Zaus dozo un esu jingk et reihöm. Jetz nohm et die Brotwöösch us dem Backovve, deilten die zweschen sich un dem Papp op un reef laut: "Joden Amelung!"

Et ehsch hädden mer en Stechnodel falle höre künne, dann saat der Papp: "Alsu, Jretche, die Föllung vun där Jans wor deer noch nie su jot jerode." - "Wat? Do och?", frochten it janz verbasert un wollt dem Papp die Brotwoosch widder avnemme. Dä heelt ävver de Häng üvver singe Teller un saat:

"Ich moot! Uns Sippschaff he meinten dis Naach "Wä met süff, dä muss och met käue". Meins do villeich ich loße mer de Föllung vun andere fottkimmele? Un do en Föllung kein Knoche hät bliev die Woosch och op mingem Teller lijje."

Esu vill es donoh noch nie an enem "Ehschten-Feerdagsesse" jelaach woode. Ein Dochter reef: "Mamm, ich brode deer för Neujohr en neue Jans un dann säs do ens wie die mungk. Schleeßlich hatt ich jo en jode Lihrmeistersch. Mer han uns dis Naach usjemaat, dat do de nöhkste sechs Johr kein mih ze brode bruchs. Mer wäßele uns reihöm av." "Jot", reef et Jretche, "dat soll e Woot sin", un it jov sich met Jenoss an der Pudding.

En janz besondere Schukelad *

Kölle hät nit nor en Häd Denkmöler, die mer sich unbedingk anlore sollt, nä, et es och rich an Museie. Wa'mer Zick jenoch dohin metnimmp, dann ka'mer sich su richtich schön schlau maache. Un noch jet ha'mer ze Kölle - ich jläuve janz bestemmmp, dat su jet e Novitätchen es - e Museium, wodren et janz besondersch jot ruchen deit. Et Schukelade-Museium am Rhing.

Vör e paar Mond ha'mer met e paar Fründe dat Museium besook. Doch, et wor janz intressant. Wie ich dann am Enjang Puute sohch, die de Schukelad su käue däte wie ander Lück en jot Botteramm, do daach ich bei meer: "Sin dat allt bal sechzich Johr herr, wo mer de Schukelad nor vum Höresage kannte?" Un hück? Hück jitt et Schukelad ze Baschte un en su vill Zoote, dat mer beim Nohdenke allt leich em eije Kennwasser versuffe künnt.

Dat wor anno ´45 andersch. Zo der Zick wör et Claudia Schiffer ja nit opjefalle, weil de mehschte Lück su en Hungerfijur hatte. Wä jenoch Jrosche si eije nannt, dä kunnt sich met en bessje Jlöck de Schukelad om "Schwatze Maat" odder üvver nen "Schieber" besorje. En unse Nohberschaff wonnten su en Schieberfamillich. Laut sage durf mer et nit, ävver denke; dann wann en ener Famillich alle sechs Lück en där Zick huh wie breit wore, dann kunnten dat nor Schieber sin.

Et es jo schön un jot, wann sich einer, wann hä kann, met der Käuerei der Buch bes en der Hals erop voll stoppen deit; nor - et muß jo och irjendwo widder erus kumme. Un do loch bei der Schiebermamm der Hoke. Se wollt jän op dat Hätzehüsje, ävver se kunnt nit. Hückzedags jeit einer, dä su em Moläste hät en de nöhkste Aptek, wo hä sich sing Kackpillcher ze Häuf kaufe kann. Ävver domols? - En ahl Zeidunge, die mer he un do noch ens sohch, kunnt mer der "Retter" för die Nut met dä Wöt en ener Anzeich finge: "Wer kennt ihn nicht, den Mann mit dem Licht?" - Et Darmol-Männche! Darmol, dat wor en klein Tafel Avföhr-Schukelad; un die loch luuter bei der Schiebermamm em Schoss vum Naakskumödche.

No hatte mer Chressdag 1945. - Die Schieber-Pänz hatten allemolde op ehr Leckerschtellere en decke Tafel amerikanische Schukelad lijje. Am ehschte Feerdag kom de janze puckelije Verwandtschaff, die sich bes zo der Zick widder en Kölle enjefunge hatt, op Besök. Un domet die jode Tafele Schukelad nit us "Versinn" vun enem Jass enjestoche wöd, hatt der Papp die för dä Dag widder an sich jenomme.

Wie die Ahle Ovends laut "Stille Nacht" un ander Chressdagsleeder sunge un sich sing Jeschwister en der Köch met de Kusängs un Kusincher eröm am zänke wore, do es et Fränzje sing Schukelad söke jejange, un hä hät se schleeßlich em Naakskumödche vun singer Mamm jefunge. - Dat daach hä! Hä jingk domet en de Köch un reef met volllem Mungk käuend: "Sitt jetz ens räuhich! Ich han ming Schukelad jefunge." Domet deilten hä die Tafel met dä Wöt op: "Do künnt ehr ens jet sinn, wat ming Mamm meer vun minger jrosse Tafel noch üvverich jeloße hät!" - Mer kann sich hück ja nit mih vörstelle, wat donoh loss wor. Schukelad! Sing Kusängs un Kusincher wossten üvverhaup nit, wie su jet schmecken dät.

Do die Köch jetrennt durch ene lange Flur vum Wonnzemmer loch, han die Ahle et ehsch ja nix dovun met jekräje. Ehsch wie de Puute met ehrer Jömerei lauter wie der "O Tannenbaum" woote, jingken se däm noh un han bal de Bejovung kräje.

Et es schad, dat dat, wat donoh passeeten, keiner em Beld fass jehalden hät, wie die Föttcher allemolde op eimol vun ner Mamm odder ner Tant ungerm Wasserkrane, üvver nem Emmer odder Büttche sauber jemaat woote un die Männer en der Zick, em volle Kopp, als "Spurenbeseitijer", üvver der Flurboddem bes en et Trappenhuus eren en der Etaschen-Abe krovve. Do wor nix mih met "Fruhe Chressdag", un vun do an hät die Schiebermamm ehrer janz besondere Schukelad en ander Plaaz zo jedaach.

Wann de Stänsinger trecke

De Stänsinger

Ne Heet säht an: Wann der Stän vun Bethlehem üvver dem Stall opjeit un de Lück zesammeröf, öm uns ze sage, wat sich he esu deit, dann maachen sich us janz fäne Länder och drei Künninge op de Söck, för dat Wunder lore ze kumme.

Ehr künnt kumme!

De Stänsinger

Mer kummen her, vum Här jescheck,
der Stän vör uns luuter em Bleck.
Wick üvver Birch un Stroß un Jass;
veer Woche ohne Rauh un Rass.

Mer komen vör Herodes Huus.
Voll Wot reef dä am Finster ruus:
"No, Pooschte, saat, wo wellt ehr hin?" -
"Wohin? Dä neue Künning sinn!"

"Wo es die Plaaz? Flöck, kutt eren!"
Hä hatt dobei nix Jot's em Senn.
"Noh Betlehem, en Davids Stadt,
dä Wääch dohin es wick un hat!"

De Näächte kalt. De Däg su heiß.
Un Doosch mer hatten op der Reis.
Der Stän? Dä leuchten uns vörop.
Do laate mer e Schöppche drop.

Mer luuschten op Schalmei un Trumm,
un daachte, Tröte met Zivumm
allt wick ze höre durch de Naach;
och Volk, wat singk un juz un laach.

Jetz broote mer nit mih ze jon.
En Bethlehem, dä Stän blevv ston.
Wat maate meer e langk Jeseech.
Dä neue Künning hatt kein Weech.

Hä loch op Kreppestrüh, su ärm;
der Mamm ehr Leev, die heelt in wärm.
Do han mer uns jekneent, meer drei,
dat Stalljediersch wor met dobei.

He wor ze Engk uns wigge Reis,
han fruh beim Kind jebedd, dann leis
uns Javekessjer opjemaat
un vör dem Püütche derrjelaat.

Su: Weihrauch, Jold un Myrrhe. Lück,
wesst ehr, wat dat för üch bedück?
Uns Kessjer he han öntlich Schless;
jevvt flöck en Offer en uns Kess.

Dann künne fruh mer wiggertrecke
un rofe laut an all Ecke:

Mer kummen her, vum Här jescheck,
der Stän vör uns luuter em Bleck...

De Stänsinger

Melodie und Worte: Paula Hiertz

Zwesche de Johre

Ich well och dat jröne han! *

Schenke, dat es en Saach, üvver die einem der Schwaad nie usjon kann. No es jo der Nimbus, wat de Schenkerei anjeit, ärch en de Hühde jejange. Och wann de Jrosche off jenoch doför nit do sin, ävver et weed jeschenk. Zo minger Puutezick wore mer jo fruh, wann de Brutmarke usrecke däte un domet jenoch Brut op der Desch kom. Üvver e Blömche ha'mer uns allt ärch jefraut. Verzällt dat hück ens de Puute. Die loren einer dobei nor janz domm an. Ävver leider jitt et dat, met däm Brut, en ander Länder hückzedags och noch.

Wann Chressdag jot vörbei es, dann jeit allt de Wünscherei för de Jeboots- un Namensdage los, wann nit einer jrad dat Pech hät, en der Chressdagszick jebore ze sin.

Jedes Elderepaar es drop bedaach un versök och noh Müjjelichkeit, wat de Schenkerei anjeit, sing Quös jlich ze halde. Dat flupp och mehschtens jot, do de Aldersungerscheide winnichstens e Johr useneinlijje. Bei Zweierlingcher odder och noch e paar mih, do süht die Saach allt en bessjen andersch us. Sin se och noch us einem Ei, dann wellen se och mehschtens etselve krijje. Hät dann einem si Jeschenk allt der Hals jebroche, dann well et keiner jewäse sin, un zänken sich no allebeids öm dat noch heile Jeschenk, bes dat och die Baach eravjejangen es.

He hatten sich jetz Zweierlingcher zo Chressdag allebeids en richtich, schön, jroß Auto jewünsch. Domet mer ävver die Autos usenander halde kunnt, loch för einer e rut un för dä ander e jrön Auto unger dem Chressbaum. Un tirecktemang jingk dä Zirkus och allt los, dann jetz wollten allebeids dat rude Auto han. Däm dat rude jehoot, dä wor am laache, un dä ander brollten los, als wann in einer ömbränge wöllt.

Der Papp nohm sich dä Brölles op der Schuuß, dät in trüste un versook im ze verklore, wie schön doch su e jrön Auto wör, do köm doch e rut ja nit met. Hä dät dobei en der Jade wiese un saat: "Lor ens, de Bäum sin jrön, de Wiese sin jrön, un bei all däm hät et Herrjöttche sing Häng em Spill. Dat kanns do doch vun enem rude nit sage". Dä Brölles hoot lantsam die Bröllerei op, der Papp putzten im noch ens sing Rotznas un saat för de Mamm: "Su, dat hätte mer en der Jreff kräje". Dä Puut nohm si jrön Auto un rötschten jlöcklich domet op der Äd eröm. Do fing dä met dem rude Auto an ze bälke, dat der Papp, de Mamm un dat andere halve Zweierlingche verschreck zesammefohre, un reef: "Ich well och dat jröne han", un schmess dobei dat rude op de Äd. "Un wat jetz?", frochten de Mamm.

Drop nohm der Papp se allebeids op der Schuuß, heelt die zwei Autos jäjenenander un saat: "Jetz maache mer dat esu: eine Dag hät dä eine dat jröne un dä andere Dag dat rude Auto un ömjekeht. Es dat e Woot?"

Noh zwei Däg woren beidse Autos widder kapott, de Zweierlingcher spillten verjnöch met ehre Bäre, die allebeids en brung Klör hatten, eröm, un domet wor widder Rauh en der Famillich.

Ne Chressdagsnohüvverlääch *

De Chressdäg sin vörbei, un mer bewäjen uns jetz en der Zick "Zwesche de Johre". De Chressdagskunzääte un -thiaterstöckelcher sin jespillt un de Feere jedon. Et ahle Johr litt en de letzte Odemszöch, un dat neue Johr steit allt om Raketestand un waat op singen Avschoss. Jetz ha'mer en bessje Zick, öm üvver de letzte Woche nohzedenke. Vör allem falle mer do die Probedäg met de Kölsch-Thiater-Pänz en, wobei mänche herrlije Versprecher op kom. Su saat ens ei Weech vum Zint Bärb: "Et es de Schotzpatronin vun de Berchlück, die am Barbaradag för se, domet se widder jot erusfinge, e Leech em Chress-Stolle brenne loße." De Berchlück loßen en de Stolle e Leech brenne, ävver uns Weech hät en däm Momang secherlich allt an ene Chress-Stolle jedaach.

Wigger heisch et beim Zint Bärb: Dann bedden noch de Köche, die Hotmäächer un de Büchsemäächer zo ehr. Uns Weech hät ävver jesaat: "Dann bedden noch de Köche, Hotmäächer un de Dosenöffner zo ehr." Wie mer uns vum Laache widder enjekräje hatte, do frochten it: "Sind Büchsen denn keine Dosen? Wat hab ich denn verkehrt jemacht?"

För der Zint Mäten sollten sich die jrößere Spiller ehrem Alder noh selver en Fackel knuve. För eine Poosch hatt ich jesaat: "Maach deer doch en Foßballfackel met enem FC-Zeiche drop!" - "Enä, der FC es mer ze ärch am avsteije, dann muß ich ming Fackel jo ze deef halde."

Un nit ze verjesse uns multikulturelle Famillich, die för uns Chressdagsfeer der Baum paratmaache wollt. Dags zoför hatten ander Mütter dä Baum allt en der Ständer jestallt, de Kääzekett erenjehange un de Korallekessjer hinjestallt. Die türkische Mamm stundt vill ze fröh, me'm Kinderwage un ehrem Pütche, em Rän vör der Dör. Wie mer an der Baum kome, saat sei: "Mein Mann hat Baumschmuck gekauft. Er wollte den Baum schmucken, aber er liegt mit ganz viel Fieber im Bett. Er hat mir aber gesagt, wie das Schmucken geht." Ich han noch bei meer, met enem Bleck op dä Kinderwage, jedaach, wo maach sei dann de Koralle-kessjer han. Do trok sei us dem Kinderwage Chressbaum-schmuck erus, dat meer bal der Plaggen enjeschlagen es.

Rud Wingdruvebommelasche met jolde Blädder, rut Stein, die joldfärve enjeramp wore, wo widder lang rude Bommelasche erav bammele däte. Ich han op uns Korallekessjer jelort, dann widder op die Mamm, die ehren Klein feukelten, un met strohlende Auge saat: " Wir Moslems schmucken ja keinen Baum, aber ich mach das so gerne." Do han ich uns Korallekessjer flöck widder enjepack, un mer han dä Baum op ehr Aat paratjemaat. Wie mer fädich wore han ich för sei jesaat, dat se nor jo op die Bommelasche oppasse sollt, dann et künnt jo sin, dat die ein ov ander Mamm sich esu jet an et Ohr hänge dät, un ich wor jespannt, wie dä Baum vun unse Lück anjenomme wöd. Mer han noch e paar rut Schlöppcher erenjehange un rut Kääze zwesche jrön Zerviette op de Desche jestallt.

Dä orientalisch jeschmückte Baum es jot anjekumme. Esu jeit et och, un allemolde woren zefredde. Em nöhkste Johr hänge mer widder Korallen eren. Un domet wünschen ich üch allemolde nen jode Rötsch en et neue Johr.

Un wat wünsche meer uns allemolde?

Fridde op Äde

Melodie: Aus dem „Ave-Maria-Glöcklein" von M. Engelhardt
Worte: Paula Hiertz
Mit freundlicher Genehmigung des Musikverlag Bosworth & Co

Fridde op Äde

Wann ich e Klöckche wör,
laut dät ich lügge
wick en de Welt erus,
un dat soll bedügge:
„Fridde op Äde, Fridde op Äde,
Fridde op Äde, Fridde op Äde."

Wann ich ne Vuggel wör
fruh dät ich singe
huh üvver Birch un Dal,
un su soll et klinge:
„Fridde op Äde, Fridde op Äde,
Fridde op Äde, Fridde op Äde".

Wann ich e Bäumche wör,
leis dät ich ruusche.
En mingem Blädderspill
künnt dann jeder luusche:
„Fridde op Äde, Fridde op Äde,
Fridde op Äde, Fridde op Äde".

Wann ich e Stänche wör,
hell dät ich strohle.
Am jroße Himmelszelt
met dä Strohle mole:
„Fridde op Äde, Fridde op Äde,
Fridde op Äde, Fridde op Äde".

Et Ovendledche

Ich singe ming Ovendledche,
dann well ich jon, :
ich han e knottrich Ühmche
derheim allt ston. :

Un waat dat knottrich Ühmche
derheim op mich, :
et singk dat Ovendledche
allt ohne mich. :

Et Ovendleedche

Worte und Melodie: Volksgut

Literatur und Quellen:

* Diese Erzählungen sind in der Zeit zwischen 1992 und 2001 in der Kölnischen Rundschau in der Spalte "Uns kölsch Verzällche" erschienen.

"Chressdagsüvverraschunge" ist eine hochdeutsche Erzählung von Paul Maar (aus GTB Siebenstern) und wurde von der Autorin in die Mundart übersetzt.

Liedertitel:

De kölsche Klocke
Melodie und Worte: Paula Hiertz

De Hötte
Melodie: Paula Hiertz
Worte: Jakob Rasquin (1873-1941)

Do leeve hell'je fromme Chress
Melodie: Gottlieb Sieger
Worte: nach Ernst Moritz Arndt,
in die Mundart übersetzt: Paula Hiertz

Juchhei, der ehschte Schnei
Melodie: Karl Marx
Worte nach dem Original in die Mundart übersetzt:
Paula Hiertz

Der Chressbaum es der schönste Baum
Melodie und Worte: Georg Eisenbach 1842
in die Mundart übersetzt: Paula Hiertz

De Stänsinger
Melodie und Worte: Paula Hiertz

Dräum dich zeröck en ding Kinderzick
Melodie und Worte: Paula Hiertz

Et weed jo allt düster
Die Melodie ist aus Tirol und die Worte wurden nach dem Originaltext von Paula Hiertz in die Mundart übersetzt.

Et Ovendleedche
Melodie und Worte: Volksgut

Fridde op Äde
Melodie: Aus dem "Ave-Maria-Glöcklein",
von M. Engelhardt
Worte: Paula Hiertz
Mit freundlicher Genehmigung des Musikverlag
Bosworth & Co

Ovends, wann ich schlofe jon
Melodie: aus der Oper "Hänsel und Gretel" von
Engelbert Humperdinck
Worte: Altkölnische Überlieferung

Weegeled
Melodie: Paula Hiertz, Worte: Hanns Georg Braun

Paula Hiertz
Durch de Jadinge jespinks
Wat mer do all ze sinn kritt
50 Rühmcher un Verzällcher
108 Seiten, gebunden
Im Handel und bei der Autorin erhältlich
11,80 EURO

Kölle loss jon!
Auf der CD "Kölle loss jon" hören sie 23 stimmungsvolle Mundart-Lieder mit Paula Hiertz, dem Akkordeon-Club Köln-Neubrück und dem Kölsch-Thiater Köln-Neubrück e.V.
Die CD enthält aus das Jahrtausendlied "Kölle loss jon"
74 Minuten mit Textheft
Im Handel und bei der Autorin erhältlich
12,00 EURO

E-mail: paula-hiertz@netcologne.de
Internet: www.paula-hiertz.de
Tel.: 0221/892460 Fax: 0221/9462263